私たち仲のいい同僚でしたよね？

エリート同期の愛が暴走しています⁉

★

ルネッタ Ⓛ ブックス

CONTENTS

Lunetta

プロローグ

『胡桃沢《くるみざわ》、遙君《はるか》？』

はじめて声をかけられた瞬間を、遙は昨日のことのように思い出す。ただ名前を呼ばれただけなのに、何故《なぜ》だか心臓が大きく鼓動した。

『私、桃枝心春《ももえだこはる》。よろしくね』

心春は遙と同じ会社の新入社員で、十名ほどしかいない同期のひとりだ。

たまたま一緒に働くことになる相手というだけなのに、不思議と彼女から目が逸《そ》らせない。

これから新社会人になるという期待と緊張が交ざり合っているのだろう。その目の煌《きら》めきに吸い込まれそうになった。

『胡桃沢君の名前ってちょっと私と似てるなって思って、声かけちゃった。急にごめんね』

苗字《みょうじ》に「桃」が入っていて、名前に「ハル」が入っている。そんなささやかな共通点などなんの面白みもないのに、心春が言うとほっこりする。

優しい微笑《ほほえ》みが柔らかくて、ほっと心が落ち着いた。

肩上で揺れる艶《つや》やかな黒髪に触れてみたい。

リスのようにくりっとした丸い目に小さな唇。自分の肩に届くか届かないかという小柄な身長も庇護《ひご》欲を誘うようだ。

——おかしい。特定の誰かを前にして落ち着かなくなるなんて。

名前を呼ばれて微笑まれただけで、心の奥がざわめくことなどあっただろうか。

今まで初対面の女性が気になったことなど一度もない。触れてみたいなどと思うこともありえない。

『あ、胡桃沢君って院卒だっけ？　ごめんなさい、年上なのに馴《な》れ馴《な》れしくて』

心春から一歩距離を置かれた。遙は内心ムッとする。

反射的に一歩踏み出し、空いた距離を縮めた。

『俺のことは遙と呼んでほしい』

『え、いきなり？』

『あと口調もそのままでいいから。仲良くしてね』

心春の顔色が赤く染まっていく。

耳までほんのり桃色になったことに不思議な満足感を得た。

——なんだろう。探し続けていたなにかを見つけたような感覚だ。

カチッと、心の隙間が埋まったような気がした。

自分の名前を呼んでほしい。そして彼女に自分の心の欠片《かけら》を与えたい。

この欲求は一体なにで、どこから生まれるものなのか。

——理屈で片付けられない感情もあるのかもしれない。

恋に落ちたかどうかはまだわからない。だが、目の前で戸惑いながら照れる心春の顔を独り占めして、いろんな表情を見てみたい。

そんなささやかな欲求から人は恋に落ちることもあるのだろうと、遙は漠然とした気持ちを抱いていた。

第一章

「桃ちゃん、二十八歳の誕生日おめでとう」

十二月二十六日。

あと一週間ほどで年も明けるという師走の忙《せわ》しない日が私、桃枝心春の誕生日である。

クリスマスの翌日なので、子供の頃から誕生日はクリスマスとセットで祝われていた。

でも社会人になってからは毎年のように同期の胡桃沢遙に祝ってもらっている。

「今年もありがとう、遙」

私におめでとうを言ったのは、嘘《うそ》みたいにモテて同期の中で一番の出世頭で、ミスターパーフェクトのような男だ。

色素の薄い髪に整った顔立ちと甘いマスク。しっとり艶やかな色気まで醸し出しているとなれば、女性だけならず男性までも思わず見惚《みと》れてしまう。しかも声まで極上ときたら、神様気合い入れすぎじゃない？　と思わずにはいられない。

たとえ部署が違っても胡桃沢遙を知らない社員はいないだろう。

それほどの有名人の男は当然ながら私の身内でもなければ恋人でもない。

でもただの同期と呼ぶには距離が近すぎて、友人や知人にもしっくり当てはまらない。

名前のつけようがない曖昧な関係のまま数年が経過している。そして何故か彼は毎年当たり前のように私の誕生日を祝ってくれるのだ。

……いや、本当なんで？　と、いつも疑問に思うのだけど、遙はさも当然という表情を崩さない。

そして今年はまた気合いが入った誕生日になった。個室で味わう創作フレンチのコース料理は数か月前に予約していたらしい。

「一応確認するけどね、遙は毎年私の誕生日に合わせて日本に帰国しているわけじゃないよね？」

「うん、合わせてるよ」

「……」

平然と肯定された。口から零《こぼ》れそうになった本音は咄嗟《とっさ》に呑《の》み込んだ。

もう一度言うけれど、私と遙は付き合っている恋人同士ではない。

「クリスマスシーズンの航空券なんて高いのに……」

遙は三年前からドイツ支社に海外赴任している。

私たちが働く製薬会社でマネージャーとして駐在しており、帰国後には新しいポジションを与えられるようだ。順調に出世していてなによりである。

「年に一回は会社負担で帰国できるから問題ないよ」

「でもクリスマス休暇をまとめて取得するにしても、忙しい時期に有給なんて大丈夫だったの？　よく休めたね？」

「年末年始の休暇と合わせて日本出張も入れてるから、ずっと休んでるわけじゃないよ。明日はこっちのオフィスに出社するつもり」

それはまた騒がしくなりそうだ。女子社員の色めき立つ声が容易に想像できる。

「それで桃ちゃんの誕生日プレゼントなんだけど」

「消耗品以外は受け取らないからね」

食事だけではない。何故かこの男は毎年律儀にプレゼントまで用意してくれる。しかも昨日のクリスマスプレゼントとは別だ。

他人に貢ぎ癖でもあったら困るなと、いつも少し不安になる。

「昨日はクリスマスプレゼントにルームフレグランスをあげたでしょう？　今日は誕生日だから、ヨーロッパ限定のクリスマスコフレにしてみたよ」

「えっ！」

手渡された紙袋を開いた。私が好きな化粧品ブランドで、日本未発売の限定パッケージの化粧品セットだ。

「嘘、うれしい！　めっちゃ可愛《かわい》いね？　美術館とコラボしたパッケージはずっと気になってたやつだわ。なんでこれ日本未発売なんだろう」

「桃ちゃんが好きそうだなと思った通りだった」

「ありがとう、遙。この口紅の色もアイシャドウパレットもすごく好み。発色良さそう」

遙は女友達じゃないのに化粧品にも詳しくて、私の好みを細かく把握している。

なんなら「桃ちゃんはブルべ冬だからこの色が似合うと思ってた」とか言ってくる。もちろん私からパーソナルカラー診断を頼んだ覚えはない。

普通の男友達ってここまで把握しているものなんだろうか？　と疑問に思いそうになるが、これが胡桃沢遙という男なのだ。いちいち気にするだけ無駄だ。

明らかに高価なプレゼントで一生残るようなものなら受け取り拒否するのに、こうやって私のツボを押さえたものを選ぶあたりがあざとい。しかも化粧品は消耗品に該当するため受け取る以外の選択肢がない。

絶対に拒絶されないプレゼント選びにぬかりがなくて、今年のプレゼントもありがたく頂戴した。口紅一本だけでもテンションが上がる。

けれど次はもっと気軽に受け取れるものにしてほしい。

「あのさ、すごくうれしいんだけど昨日もたくさんお土産いただいたし、正直負担じゃない？大丈夫？」

「金銭的なことを言ってるなら気にしないで。大した金額じゃないから」

「いや、お金もだけど。選ぶ時間もかかるでしょう？　遥は仕事だって忙しいのに、ただの友達の私に費やすにしては気合い入れすぎでは」

ここのコース料理とかもね。

確か夏頃に、同じく会社の同期で友人の時東麻衣里《ときとうまいり》にSNSで紹介されていた話題の創作フレンチの話をしたことがあった。「いつか食べに行きたいね」と。

それがどういうわけか遥の耳に伝わり、こうして誕生日に連れてこられている。もちろんこれも遥のおごりで、私からお金を受け取る気はないらしい。

情報源は麻衣里だろうが、他にも私の周りにスパイがいるかもしれない。

遥のバグってる距離感がおかしいと思うのだけど、全部かわされてしまうので私には受け入れることしかできない。というか、気にするのも今さらだという諦めも存在する。

「プレゼント選びは俺の息抜きでもあるから気にしないで。それに仕事ばかりしてたら気がめいっちゃうから。俺にとっては桃ちゃんが喜んでくれる笑顔だけでご褒美だよ」

「……」

いや、それって彼女に向ける台詞《せりふ》では？

イケメンの爽やかな笑みは殺傷力が高い。眩《まぶ》しすぎて目が焼けそう。

ここで私が冗談交じりに「遥って私のことが好きなの？」とでも訊《き》けば、あっさり肯定が返ってくるかもしれない。ただその好きという感情は好意以上でも以下でもなくて、恋人のように好きとは少し違うのだろう。

同期以上で恋人未満。曖昧で中途半端な関係。

その立ち位置がちょうどいいので、あえて自分から踏み込むような疑問はぶつけない。

半分ほど残っているシャンパンのグラスを呷《あお》った。

「それで今回はいつまで日本にいるの？　年明けすぐにドイツに帰る感じ？」

「四日にオフィスに顔を出して、五日にドイツへ戻る予定。まだアナウンスは出てないんだけど、俺二月に本帰国するんだよね」

「ええ？　そうだったの？」

でも納得だ。海外赴任は大体二、三年で帰国することが多い。

ビザの関係が一番の理由だけど、社員を一か所に留《とど》めて置かないという社内の方針もあるからだ。

風通しのいい会社作りのためにも積極的にローテーションさせられる。特に上にいる人たちはなおさら五年未満で新たな部署へ異動することが多い。

「ちょうど三年か。あっという間だったね」

「結局桃ちゃんは一度もドイツに来てくれなかったよね。俺、たくさん観光案内できるように準備してたんだけど」

「あはは、ごめんって。ドイツ料理よりもイタリア料理の方が好みだから」

「じゃあ来年の誕生日はイタリアンにしようか」

いつものごとく隙がない。

遙はこうやってサラッと翌年の予定まで入れる男なのだ。毎年このパターンで、気づいたら次の誕生日も遙と過ごすことになっている。

仕事ができて用意周到。そしてスケジュール調整と管理が凄《すさ》まじい。

ドイツに遊びに行かなかったのはまとまった休みが取れないという理由もあるけれど、私の常識が待ったをかけたからだ。

普通、ただの同期で友達の男に会いに海外まで行くか？　と。

しかも遊びに行ったら十中八九、遙の家に滞在させられるだろう。

海外のホテルにひとりで滞在するのはなにが起こるか危ないからとか言いくるめられて、気づくと彼の部屋にお泊まり……なんて状況が容易に思い浮かぶ。

ふたりとも恋愛感情を抱いていなかったとしても、異性の部屋に泊まれるような神経は持ち合わせていない。それに遙が日本に住んでいた頃から、互いの部屋を行き来するような関係ではなかった。

「二か月後には日本で会えるんだね。じゃあ今回の出張はいろいろ準備も兼ねてるのか」

「そういうこと。初詣は一緒に行こうね」

「人が多いところは嫌かな……というか、お正月くらいはご実家に帰ったら？」

「一応挨拶には行くよ。桃ちゃんは俺が誘わないと初詣行かないでしょう」

「有名なところはちょっと……でも近所の神社には行こうと思う」

付き合いが長くなれば私の性格も習性も見破られている。

「大晦日《おおみそか》のカウントダウンはビデオ通話でもする？」

「絶対ヤダ。化粧落とした顔を見せたくない」

「そんなに変わらないでしょう」

なにを言う。アラサーの肌を舐《な》めるんじゃない！　と思うけれど、遙は私より二歳年上なのに相変わらず肌が綺麗《きれい》だ。

生まれ持った体質もあるのだろうけど、化粧をせずに美肌なんて羨《うらや》ましさしかないんですが。でも最低限のスキンケアはきちんとしているはずだ。自社ブランドの薬用化粧水とかをサンプルで貰《もら》う機会もありそうだ。

「明日は会社で会えるね」

「見かけても話しかけてこないでね」

胡桃沢ファンが怖いので。

社内ファンは見えないところにも潜んでいるのだよ。余計な敵は作りたくないし、新入社員はまだ遙のことを知らない人が多い。

「嫌。なんなら桃ちゃんの部署にまで挨拶しに行くよ。手土産のお菓子を持って」

新手の嫌がらせか！　お菓子まで貰ったら好感度が爆上がりではないか。

語尾にハートをつけてそうな台詞を言ってから、遙は店員にお会計を求めた。

「自分の分は自分で出すから」と、毎年言うのだけど、彼は頑《かたく》なに受け入れない。

「それじゃあ誕生日の意味がないでしょう」

「プレゼントまで貰ってご飯までご馳走《ちそう》になるのは悪いよ」

私からも遙にクリスマスのプレゼントは渡しているけれど、金額に差がありすぎる。私のはあったかぬくぬくできるグッズのセットだ。利便性重視で色気の欠片もない。

「じゃあ明日のランチは桃ちゃんのおごりで」

シレッとランチの予定まで入れられた。豪華なランチにしたとしてもせいぜい千五百円程度だろう。

「明らかにバランスが取れてなくない？　というかたまに出社して私とランチなんて大丈夫なの？」

「うん、誰とも約束は入ってないから」

急に入る可能性もあるのではないか。上司とか同僚とか。

私と遙は部署が違う。彼の部署の人間関係まで把握できていないけれど、フロアも違うのにわざわざ来るって本気か？

「……まあ、遙がいいならいいけれど。いつもありがとう。ごちそうさまでした」

「おいしかったね」

デザートまでぺろりと平らげた。食後のコーヒーも満足するほどおいしかった。


慌ただしく年末年始の休暇が過ぎた。新年がはじまってから早々に、社内では胡桃沢遙の本帰国が決まったことがアナウンスされた。

帰国後は元の部署ではなく新規事業の課長に着任することが決定しているらしい。三十歳という若さで注目度の高い部署の課長だなんて、やはり遙は同期の中で一番の出世頭である。

「こりゃ社内が荒れるわね。一足先に春をゲットするのは誰か！　ってね」

「お疲れ、麻衣里」

人事部の同期が私のデスクにやってきた。彼女は主に新入社員の研修や社員に向けたセミナーを任されている。

「胡桃沢君がドイツに行ったときはオフィスがお通夜か？　ってくらい暗かったのを思い出したわ。今度は逆に毎日気合いの入ったコーデで出社する女性社員が見られるわよ」

「なんかワクワクしてない？」

「もちろんするでしょ！」

完全に楽しんでいる。

だが浮かれる人間が増えればその分トラブルも増えるわけで、その辺をうまくさばくのは遙の力量にかかっているのだろう。

「仕事以外にも対人トラブル対策をしないといけないとか面倒くさいと思うけどね……」

「まあね。でもその辺うまいでしょう、あの人。それよりも自分の心配した方がいいと思うけれど」

「え？　なんで私……」

「忘れたの？　あんたをお姫様扱いする胡桃沢君のこと」

「あ」

そうだった。すっかり遙のペースに慣れていたけれど、傍《はた》から見たらあの男の世話焼きっぷりは異常だ。

あれをお姫様扱いと言っていいものかはわからないが、そう捉えられてもおかしくはない。

「変なやっかみを向けられないように気を付けなさいよ？　で、笹倉《ささくら》課長いる？　書類持ってきたんだけど」

私の直属の上司は会議で離席している。麻衣里が持ってきた書類は私が受け取った。

「遙には私の傍《そば》に近づかないように言っておかないと」

「無理だと思うに生ビール二杯」

「そこはせめて一杯にしよう？」

残念ながら彼は簡単に私の要望を聞き入れるような人ではない。基本的に私のお願いは聞いてくれるのだが、自分の欲望もちゃんと優先する男なのだ。

いつも気づくと丸め込まれている。遙に口でも勝てる気がしない。

「今年は一段と楽しい年になりそうね。念のため厄払いにでも行っとく？」

新年早々不穏な予想を呟《つぶや》いた友人に、私は溜息《ためいき》で返事をした。

◆
◆
◆

大人になると時間の経過が早くなるのは何故なのか。

その疑問は解消されることなく、季節はあっという間に冬から春へと移っていく。

遙は予定通りに本帰国を果たして、早々に社内に溶け込んでいた。あの男のコミュニケーション能力には相変わらず畏怖と尊敬の念を抱かずにはいられない。

今年は例年よりも早く桜が開花し、予定を立てていたお花見もなんとなくフェードアウトした。大人になればなるほど友人たちとスケジュールを合わせるのが難しくて、唯一麻衣里と行く金曜日の女子会のみ細々と続いている。

「ねえ、もう四月下旬って時間の流れがバグってると思うんだけど。この間までお正月で、胡桃沢君だって帰国してなかったじゃん？　なのにあと少しでゴールデンウィークよ？　なんも予定立ててないわ」

「毎年思うけど早いよね……。春は特に新入社員の爽やかな笑顔が眩しく感じる時期でもあるし、人事異動も多くてバタつくしね」

彼らのフレッシュな笑顔に目が焼かれるような心地になりながら、なんとか一週間を乗り切った。やる気とキラキラが凄まじい。

私もあんな笑顔を向けていた日々があったんだっけ？　と、遠い昔を思い出しそう。

「私たちもつい数年前までは同じ新社会人だったのに、今では月曜日の朝が憎くて金曜日の夜が一番生き生きしているもの」

「違いない。金曜の夜に飲むビールを楽しみに五日間頑張ってるわ」

やさぐれ気味な社会人七年目の私たちは、金曜日の夜は隠れ家風のイタリアンで飲むのが恒例になっていた。

会社の最寄り駅から徒歩五分。小ぢんまりしていて、それでいて会社の人たちとは今のところ鉢合わせしたことがない。

「それで、麻衣里のところの新入社員はどんな印象？」

「まだなんとも言えないけれど、みんないい子って感じ。良くも悪くもね。タイパとかコスパとか主張されるのかと思ったけれど、その気配はなさそうかな。言われたことをきちんとやってくれるから、あとはなるべく辞めないでくれたらいいなとは思うけど」

「うちは福利厚生もいい方だし、有給も取りやすいけれど。離職率は低くないんだよね」

三年未満で転職する若手は年々増加している。中途採用も多くて、新入社員が十年後まで残ってることは少ないかもしれない。

そう思うと私の同期は残っている方なのだろう。遙と麻衣里を含めて五人ほど在籍している。

「桃のところはどうなの？」

「うちは留学経験もある男性社員がひとりだけだよ。語学力があってコミュニケーション能力も高そうで、徐々に慣れてくれたらいいなって思ってる」

「その割には疲れてるように見えるけど」

届いたばかりのビールを一口飲んだ。

ビールは一口目が一番おいしい。本当、つくづくこのために一週間頑張っているという気分になる。

今週を振り返って、私はそっと溜息を落とす。

「二年目の女子社員たちがさ……」

「ああ……察したわ」

さすが付き合いが長いだけある。疲れる原因は仕事だけではないのだ。

「職場の人間関係って本当大事だよね。みんな仕事だけに集中してくれたらいいのに」

麻衣里はサラダをとりわけながら否定した。

「いや、無理じゃない？　王子の献身ぶりが変わらなかったら、そりゃ免疫のない人たちからしたら驚くもん。あれだけ顔がいいとなると、彼氏がいても別腹で気になるって」

社内に推しができるようなものらしい。私にはよくわからない概念である。

「気にせず彼氏優先で……間違えた。仕事優先で頑張ってほしい」

遙が日本に帰国したことで社内のムードは想像以上にお祭り状態になった。

遙は男女共にファンが多い。関わる人全員、自分の信者にするのか？　と思うほど、コロッと遙に落とされる。

そして自分が注目されているのをわかっておきながら、あの男は私の周りをうろつくのだ。

まあ、麻衣里と同じくらい仲がいい同期で親友？　で、遠慮をせずに話せる相手なので気楽ではあるが、なるべく仕事中は関わりたくはない。

「私もうちの後輩ちゃんたちから質問攻めにあってるわよ。やっぱりすごい人気よね。『胡桃沢さんと桃枝さんは付き合ってるんですか？』って直球で訊かれて返答に困ったわ。みんな胡桃沢君がいないときに入社してきた子たちだからあんたたちの関係を知らないしね」

「社内で恋愛沙汰とか絶対嫌なんだけど……そんな噂《うわさ》は否定していいからね？　仲のいい同期に多少毛が生えた程度の関係って言ってくれたら」

「説得力なさすぎでしょ。甲斐甲斐《かいがい》しく桃の世話を焼いてくる男が同期に毛が生えた程度って。

私だって結局あんたたちはどういう関係なのか気になってるひとりなのよ」

やめてほしい。色っぽい関係ではまったくないのだから。

むしゃむしゃとサラダとチーズをつまみながらビールを飲んだ。遙のことは陰で「王子」と呼ばれていると聞いて、肌が痒《かゆ》くなりそう。

三十路《みそじ》の男を王子って……でも、あの外見と色素の薄さと人当たりのよさは、理想の王子像で間違いないのだろう。

「それで知ってる？　社内で王子と呼ばれてる胡桃沢君が跪《ひざまず》いて世話を焼くあんたの二つ名」

「は？　二つ名？　待って、怖い。そんなものいつの間につけられてたの」

「さあ、いつかはわからないけど。いつの間にかよ。で、あんたのことは裏番長だって」

「異議あり」

その発想は明らかに若い子じゃないだろう。余計なことを言い出したのはどいつだ。絶対おじさんに違いない。

「みんな暇なの……」

私は普通にそこらへんにいる女でしかない。人ごみに紛れたらどこにいるのかわからないような地味な女である。

だからこそ周りは不思議に思うのか。何故遙が私の傍をうろついているのかと。

「ちなみに表の番長は」

「興味ないから結構です」

変なことを聞いたら仕事に支障が出てしまう。

思わず脱力するが、王子と呼ばれるよりはマシだわ。本人はそのあだ名をどう思っているのやら。

「というか番長って学校を牛耳《ぎゅうじ》ってるヤンキーでしょう？　私は裏で会社を牛耳るような手腕は持ってないけど」

「社内ネットワークを牛耳れる立場って認識されてんじゃない？　まあ後ろに胡桃沢君がいたら、みんな慎重に接するしかないよね」

「どうして……」

自分で言うのもなんだけど、遙の唯一の欠点は私だ。私さえ傍にいなければ彼は完璧の名をほしいままにしていただろう。

身内以上に私のことを知り尽くしている男は一体どのカテゴリーに属するのかわからない。遙と関わってから何度も考えているけれど、私たちの関係は未《いま》だに答えが見つからない。

「本当にふたりが付き合ったら面白いのに。いや、もう結婚しちゃえば？」

ビールを飲み干した麻衣里がニヤニヤ笑う。

どちらかに恋愛感情があればこの奇妙な関係は崩れるのかもしれない。だがそんな気配は今のところ感じられない。

向こうから恋愛的なアプローチをされたこともなければ、私も男女の関係になりたいと思ったことはなかった。

「……だからそういうんじゃないんだって。彼はもう私の中で〝胡桃沢遙〟というカテゴリーで登録されていて、ジャンルチェンジができないというか」

気づいたらいつも隣にいる保護者的なポジションだ。

私に連絡がつかなければ胡桃沢に訊けばいいと周囲が思っているくらい、ペアに思われている。なんなら互いの上司たちもそう認識している。

きっと私が風邪をひいて休んだら遙のところに連絡が行くんだろう。緊急連絡先は遙ではないのだけど。

「胡桃沢遙というカテゴリーか。まあ、あれは一般的な部類には入らないもんね。顔の良さでスルーしそうになるけど、ちゃんと考えるとドン引きというか」

「そう。そうなんだよ！　ほんとにそれ」

顔が良すぎて流しそうになるが客観的に事実だけを見ると、遙は絶妙にキモいのだ。

だがギリギリ嫌悪《けんお》感を抱かせないため、すべて受け流してしまっている。もしくは私の神経が麻痺《まひ》しているのだろう。

「あ。噂をしてたら着信が」

「金曜日の夜だし飲みに誘おうと思ったんじゃん？　せっかくだしここに呼んだら？」

「いいの？　じゃあ一応訊いてみるけど……もしもし、遙？」

案の定、彼はすぐに合流すると言った。

「すぐに来るって言うから、多分十分くらいかな」

「さすが敬愛する桃枝さんからの誘いは断らない男」

「なに、その敬愛するって。誰がそんなこと言ったのよ？」

「桃が裏番って二つ名が付けられた理由は、王子が敬愛してるって言ったからなんだけど。あの献身っぷりは敬愛から来てるのかって、一部には納得されてたわ」

なんだそれは。初耳なんだけど。

「怖い。というかちょっとキモい」

知らない間に敬愛なんて向けられていたとは。多少冗談は入っていると思いたい。

「それにしても、麻衣里は相変わらず情報通というか地獄耳というか……社内の噂を全部把握してるんじゃない？　人事は口が堅くないとダメでしょう？」

「全部なわけないじゃない。ちゃんと個人情報も守ってますよ。まあ、噂は常にキャッチするようにはしてるけど。社内の風通しをよくするのも仕事のうちってね……あ、すいません、赤ワインをボトルでください。グラスは三つで」

さりげなく怖いことを言ってから、麻衣里は追加のつまみとホタテのカルパッチョに絶品のチーズリゾットを頼んだ。食の好みが似ているので彼女に任せていたら問題ない。

私も残りのビールを飲み干して、溜息を吐いた。

週明けからどんな顔で社内を歩けばいいんだろう。やたら年下の女性社員から視線を感じると思っていたら、遙絡みの噂のせいだった。

「こんばんは、時東さん、桃ちゃん」

極上の美声が届いた。

耐性がない人間ならしばらく見惚れてしまうだろう美形が私の隣に座る。

いつ見ても顔はいいのに、まったくこれっぽっちもときめきを感じないのは、多分この男の残念さを理解しているから。

「胡桃沢君、早いね？　てっきりもっと時間かかると思ったよ。まだ五分くらいじゃない？」

「ちょうど駅の近くにいたんだ。ふたりの飲み会にお邪魔できて光栄だよ」

「私も顔がいい男と飲めるとお酒がよりおいしくなりそうでよかったよ」

日頃からイケメンは眼福と豪語する麻衣里らしい。

爽やかな笑顔を浮かべたまま、遙は否定も肯定もせず私に視線を移した。

「桃ちゃん、その緑色のブラウス素敵だね。見たことないから新しく買ったのかな？」

「ああ、うん。一昨日ふらっと立ち寄ったブティックで衝動買いしたんだ」

「そうなんだ、春らしくてよく似合ってるよ。先週の火曜日に穿《は》いてたベージュのスカートにもいいんじゃないかな。あと月曜日に羽織っていた白いカーディガンと紺のパンツにも合いそうだね」

「……なるほど、アドバイスありがとう」

おわかりいただけただろうか。

この男、人の服装を全部記憶しているのである。

私はサッとスマホの写真を漁《あさ》り、先週の火曜日と今週の月曜日のコーデを確認した。

スマホのアルバムには、遙が言った通りの服を着た私が写っていた。ベージュのスカートと紺のパンツ姿の私が。気持ち悪いくらい記憶力がいい。

遙がこういう男のため、出勤前に自分のコーデを自撮りし保存しておくというクセをつけているのだけど、おかげでスマホのアルバムは毎朝の自撮りだらけになっている。

「ははは、胡桃沢君が海外赴任する前に戻っててウケる」

そう、これは急にはじまったことではない。遙がドイツに行く前から行われていた。

麻衣里は笑っているが、ちょっと背筋が寒くなる。

私もこれが普通だとは思っていない。

よくよく考えなくても異常だと理解しているけど、もう慣れすぎて神経が麻痺しているんだろう。多分。

「ワイン届いたね。遙もワインでいい？　それともビールがいい？」

タイミングよくワインが届いた。さっさと話題を変えてしまおう。

「ありがとう。ワインをいただこうかな」

遙はワイングラスを配る。

テーブルには麻衣里が頼んだ前菜とメインが次々と運ばれてきた。

「適当に頼んでるんだけど、食べたいのがあったら追加注文してね。はい、メニュー」

「ありがとう。じゃあ足りなかったら追加しようか」

メニューを受け取った遙の視線が私の手に向けられた。正確には、夕方に欠けたまま放置していた私の爪に。

あ……ヤバい。

サッと手を隠そうとするが、遙の方が早かった。私の手を掴《つか》んで「爪が欠けてるね」と指摘した。

「桃ちゃん、この間の日曜日は疲れて爪を切らなかったの？　それともヤスリをどこに置いたかわからなくなって見つかったらでいいやと思ったのかな」

「……」

気持ち悪いほど当たっている。私は無言で固まった。

仕事はそれなりに手早く処理するけれど、本来の私はまあまあぽんこつだ。よく家の中で適当な場所にものを置き忘れる。

だがここで気持ち悪いのは私がいつ爪の手入れをするかを遙が把握していることだろう。

もう聞き流すけど、麻衣里は声を出さずに笑っていた。アルコールが入ると笑い上戸になるのは相変わらずのようだ。

「今夜帰ったら探すから」

「大丈夫。こんなこともあろうかと思って、爪やすりを持ってるんだ。任せて」

何故こんなこともあろうかと想定しているのだ。私に対する信頼がなさすぎるのか、自分のために持ち歩いているのか。

「いいよ、家に帰ったら爪切るし」

「ダメ、爪切りで雑に切るなんて。ヒビが入ったらどうするの」

別に私は伸びるまで気にしないが、そんなことを言ったら遙の過保護が加速する。

黙って成り行きを見つめていると、彼は黒のナイロンポーチからプラスティックのケースに入ったなにかを取り出した。

「それ携帯用のヤスリ？　削りカスが内部に落ちるようになってるんだ。便利だね」

「気に入ったのならあげようか」

「ううん、いらない」

テーブルの下で指に触られながら、シュッシュッと爪を削られる。

こんなこと社内にいる胡桃沢ファンに知られたら、裏で陰口叩《たた》かれそう……。爪くらい自分でやりなさいよ！　と言われるに違いない。私もそう思う。

でもいくら私がやると主張しても、遙は譲らないからな……。付き合いが長くなればなるほど、彼の変な頑固さを知っている。

「ねえ、ちなみに胡桃沢君の〝こんなこともあろうかとグッズ〟って他になにが入ってるの？」

面白そうに目を細めながら、麻衣里が余計なことを質問した。

正直そのポーチにだけにグッズが入っているとは限らない。

「いろいろあるよ。絆創膏《ばんそうこう》、頭痛薬、風邪薬、生理痛に効く薬と、使い捨てのカイロ。スマホの充電器にモバイルバッテリーと、替えのストッキングとか」

「いくつかスルーできないものも混ざってるんだけど、突っ込まない方がいい？」

麻衣里が私に問いかけた。

やめてください。私だって付き合ってもいない男が生理痛に効く薬まで持ち歩いていると聞くと、改めてキモいなって思ったわ。ストッキングもなかなかにドン引き案件だろう。

「……一応訊くけど、ストッキングの替えってなんで？」

「だって桃ちゃん、ストッキングが伝線してても自分じゃ気づかないか、気づいたとしてもそのまま一日終えるつもりでしょう。一度伝線したまま放置しているのを気づいた男性社員が俺に教えてくれたこともあったね」

「そんな何年も前のことを……ってか、あれって他の人があんたに教えてたの？」

新事実に頭を抱えたくなった。

遙に指摘された直後、すぐに近くのコンビニでストッキングを買ったのだが。接客業でも人前に出る仕事でもないしな……と内心面倒に思っていた。

数年越しに明かされて恥ずかしくなる。これだからストッキングは苦手だ。

「でも、心配しなくても私だっていざという時の備えは会社の引き出しに入れてるから大丈夫よ。予備のストッキングも持ってるから」

確かデスクに入れてあるはずだ。もちろんその他の常備薬や絆創膏も含めて。さすがにカイロは持っていないが。

「桃って普段の通勤バッグ、めっちゃ小さいよね。今日だってそれだけでしょう?」

麻衣里がそれ、と指で私のバッグをさした。

小型のショルダーはちょっとそこまでのお出かけ用にしか見えないが、れっきとした私の通勤バッグだ。中には必要最低限のものしか入っていない。

「荷物が重くなるのが嫌なんだよね。基本持ち歩くのって財布とスマホとティッシュ、ハンカチ、鍵……あと手鏡くらい? リップも入ってると思う」

もちろん社員証も入っている。

ちなみにパソコンは会社の引き出しに入れておくので持ち歩かない。

「化粧直しのポーチは?」

「えー、別に気にしない……見苦しくなければいいかなって」

「三十路前なのにその意識……私はファンデの毛穴落ちが気になるから無理だわ」

いつだって完璧な私でいたいと思うほど美意識は高くないのだよ。リップを塗り直すだけで十分じゃないか。

「胡桃沢君にメイクポーチ預けてみたら？」

「なんでよ。私の朝の化粧はどうしろと」

「必需品だけ教えてもらえたら同じのを揃《そろ》えておくけど」

「冗談でもやめて」

本気でやりそうなので恐ろしい。

なんならメイクの勉強もしそうだし、私に似合うメイクまで研究するかも……。

これ以上私のことに口を出されたくない。想像しただけでブルッと寒気がした。

「でもさ、うちの会社も今後は流行《はや》りのフリーアドレスにするらしいよ。総務の課長がちらっと教えてくれたわ」

「またあんたはそんな情報をどうやって入手するの……」

まだ社内でもアナウンスされていない情報なのに。

「ここだけの話だけどね。水面下で計画は進んでいるけれど、実際の着工は年内は厳しいと思うわよ。オフィスのリノベーションなんて時間がかかるもの。でもそうなったら今後は事業部の垣根もなくなって、他部署の人ともっと交流することになるだろうね」

フリーアドレスになったら週の半分はリモートで仕事ができるようになるらしい。というのも社員全員分のデスクは用意されないとか。

七割、八割程度のデスクにしたら席の奪い合いにもなりそうだが。

「今は申請すればリモートでＯＫだけど、いちいち申請が面倒だもんね。結局出社しちゃってるわ」

「なるほど、でもいいこと聞いたね。そうしたら桃ちゃんと隣同士のデスクで仕事ができるようになるのか。楽しみだ」

遙は私と部署が違うのに、よく昼休みと仕事終わりに会っている。

ただでさえ会いすぎじゃない？　と思っているのに、これで仕事中も隣に座られたら落ち着かないことこの上ない……。

「周りが気を遣いそうだから、遙は私から離れたデスクに座ってね」

「逆に離れたデスクに座ったら、喧嘩《けんか》でもしたのかと思われそうだけど」

「……じゃあ週一ならいいわよ」

「仕方ない、最初はそれでいいよ」

そのうち増やしていけばいいと思っているわね？　突っ込む気力はないが。

「特定の人とだけ一緒に座るというのはフリーアドレスの意義に反すると思うので、ほどほどでお願いします」

会社としては部署の垣根を超えて、積極的に他の人ともコミュニケーションをとるようにという方針だろう。

ただ遥の隣は争奪戦になりそうで仕事になるのかな……信者が群がりそう。いや、逆にイケメンの隣は仕事に集中できないと思うかも。

「つまりフリーアドレスになったら、私物を引き出しに入れておくこともできなくなるよね」

麻衣里がホタテのカルパッチョを食べながら指摘した。確かにそういうことになる。

「そっか、そういうことね。つまり通勤バッグの中身が増えるのか、面倒だな……。じゃあ、私はスカートで出勤するのはやめてパンツにしておく」

そうしたらストッキングの心配もなくなるし、わざわざ替えを持ち歩くこともない。

「ああ、それがいいね」

遥は綺麗に私の爪を磨き終えると、爪やすりをポーチにしまいながら同意した。

麻衣里が不思議そうに首を傾《かし》げた。

「意外ね。胡桃沢君なら桃が好きなファッションをしたらいいって言いそうなのに」

「そう？　でも会社で桃ちゃんの脚を不必要に見せつけることはないし、プライベートで好きなスカートを穿いたらいいいんじゃないかな」

「それ、プライベートは桃と過ごすこと前提で話してるよね。自分の前でだけ穿いてほしいってことか」

「そうとも捉えられるね」

ワインを飲みながら話す内容ではない。

微妙な居心地の悪さを感じながらグラスを呷り、届いたばかりのチーズリゾットを食べる。

「とりあえず食べよう。遥も、このリゾットおいしいよ」

「ありがとう。この味が気に入ったのなら家で再現できるように真似《まね》してみようかな」

「レシピ盗もうとするな」

「再現レシピすごいわね。胡桃沢君の欠点って本当、桃以外見当たらないわ」

「私が居たたまれないからやめて」

ワインと食事に専念しつつ、今週会社であった出来事を話して盛り上がる。三人でワインボトルを二本空けたところで私は睡魔に襲われた。

そういえばここ最近眠りが浅かったな……久しぶりにアルコールを摂取して、気が緩んでいるのかもしれない。

外に飲みに出かけても、今までは酔っぱらうなんてことは一切なかったのに。今夜は随分酔いが早いようだ。

「あれ、桃?」と麻衣里の呼びかける声をどこか遠くで聞きながら、少しだけ瞼《まぶた》を閉じることにした。

◆
◆
◆

「あらら、珍しい。桃が外で酔って寝ちゃうなんて。疲れてたのかな」

一見ただ目を閉じているだけにしか見えないが、心春からは規則的な寝息が聞こえてきた。

遥はじっと心春の様子を窺《うかが》う。

「気が緩んだのかもしれないね。最近寝不足っぽかったから余計酔いが早かったのかな」

「さすが桃の保護者。よく観察していらっしゃる。で、酔っぱらった桃枝さんを、胡桃沢君はどうするつもりですか？」

麻衣里が面白そうに目を細めた。彼女も多少なりとも酔っぱらっているのだろう。

「もちろん、ちゃんと責任を持って介抱するよ」

「家に連れて帰るって？　それって桃の家に？　それとも自分ん家に？」

「残念ながら桃ちゃんの住所を知らないんだよね」

「えー！　意外！」

確かにこれだけの時間を過ごしているのであれば、当然のように自宅を行き来していると思われてもおかしくはない。

だが実際、遥は心春の自宅を知らなければ、彼女を自宅に招いたこともなかった。

「日本に帰国してからも何度か合鍵を渡そうとしたけど、拒否されたんだ。緊急用に持っててほしいって言ったんだけど、責任持てないから嫌だって」

「ああ、言いそうね」

鍵を落としたり盗まれた場合が面倒くさいから嫌だと断られて、遥はますます心春に対する好感度が増した。

受け入れてほしくて提案しているのに、断られても落ち込むどころか逆の作用を引き起こすなんて彼女くらいのものだろう。

何年一緒にいても一筋縄ではいかない。心は開いてくれているようだが、完全に遥に預けているとは思えない。

——そんなところがますます好ましいんだけどね。

手強《てごわ》い方が攻略のし甲斐もあるし、この絶妙な距離感を壊したくはないという気持ちもある。

「合鍵の発想ってもう恋人というか、家族枠だよね？　胡桃沢君は桃のことをどう思ってるの？　付き合いたいとか、結婚したいとか」

「そうだね……俺のお姫様になってって言ったことならあるよ。断られたけど」

「ははは、キモいわね」

麻衣里は遠慮なく笑った。

残念ながら遥にはキモいという自覚は一切ない。

「ありがとう」

「褒めてないんだけど？」

「よく桃ちゃんにも言われるから褒め言葉に聞こえるんだよね。時東さんも含めて、俺に遠慮なく本心を見せてくれる人は貴重だと思っているよ」

「それはどうも。でもまあ、大人になればなるほど、気持ちを隠す方が上手になるからね。円《えん》滑《かつ》な人間関係を作るために」

そして見目がいい相手の前では、人はさらに猫をかぶるものだ。

自分をよく見せるために取り繕って、醜い本心を見せないようにする。少しでも相手に好意的と思われたいならなおさら。

「周囲にどう思われようと、俺が跪くのは桃ちゃんの前だけなんだけどな」

「そりゃ誰の前でも跪いていたら、王子が浮気性って思われるし困るよ。勘違いする女子も増えるじゃない」

麻衣里がケラケラ笑いだす。

浮気性なんて言葉とは一生無縁だ。遙は自分のことを一途《いちず》な男だと思っている。

彼が跪いて世話を焼きたいのはひとりだけ。過去も未来もきっと変わらず、桃枝心春のみに心を捧《ささ》げたい。

そんな風に思われていることを、当の本人は知らないだろうが。

「桃を姫扱いして跪きたいってことは、桃の保護者というより従者にでもなりたいの？」

「……さあ、どうかな。傍に居られることが一番だけど」

「ふーん、そんな悠長なことを言ってられるのは今だけじゃない？　私たちも今年で二十九になるんだし、あっという間に三十過ぎるよ。どうするの？」

「どうしようか」

「というか胡桃沢君は私たちより二個年上だったか。ごめんごめん、つい同学年だと思ってたわ」

「別に構わないよ。時東さんの裏表がない発言と、誰とでもフラットな関係で話すところは結構気に入ってるんだ」

「そう？　じゃあ今後も遠慮なく」

麻衣里は遥に恋心を向けず、ただの人として接してくれる貴重な女性だ。異性の友達なら真っ先に麻衣里を思い浮かべる。

目を閉じる心春を見つめる。

彼女も遥をひとりの人間として接するが、ただの友達枠には入らない。

鬱陶《うっとう》しくて過剰とも呼べる愛を注ぎたい相手。できる限り世話を焼いて面倒をみて、衣食住を管理したい。

その欲求はどこから生まれて、どう対処したらいいのだろうか。何故彼女にだけこのような気持ちが生まれるのか。理由はひとつしか思い浮かばない。

――特別で一生大事にしたい相手だから、かな。

恋という感情で片付けるには軽すぎる。彼女のこれからの人生にも関わって、同じときを歩みたいと思っているのだから。

これでも遥は愛情の上澄みしか心春に見せていないつもりだ。心のもっと奥まで見られたら彼女は怯《おび》えてしまうかもしれない。

「まあ、問題は桃ちゃんが俺に恋愛感情を抱いていないみたいなんだよね」

「胡桃沢君は恋愛感情を向けてるわけ？」

「内緒。でも、恋だの愛だので片付けられるような感情よりは重いかもね」

「あはは、ウケる。やっぱ王子は規格外だわ。そんなんでドイツではどうしてたの？　よく三年も離れていられたね？」

「普段から連絡を取り合っていたし、たくさん写真と動画を送ってもらってたからなんとか」

――ほとんどが食べ物ばかりだったけど。

心春の写真がほしかったのに、彼女は恥ずかしがって滅多《めった》に送ってこなかった。動画もSNSに映えそうな少し変わった食べ物ばかりで、心春は声だけ出演していた。

――会えない期間があることで冷静になれると思ったんだけどね。

だがまるで逆効果だった。心春に対する執着が増しただけ。

彼女の交友関係が広がらないか不安を感じたこともあった。より多くのものに触れて、新しい友人ができることは喜ばしいと思うのに、自分の居場所を取られたくないと気づいただけだった。

「俺は欲深い人間だと気づかされた三年間だったよ」

笑う心春の隣にいたい。彼女の特別になりたい。

その権利を得るためなら、居心地のいい距離感を崩してもう一歩踏み込まないとダメだろう。

「ふーん、欲のない人間なんていないと思うけどね。むしろ胡桃沢君がちゃんと人間臭い男ってことで安心したわ」

「なにそれ」

遥はくすくす笑った。人間臭いだなんて今まで一度も言われたことがない。

——時東さんも十分貴重な人だと思うんだけどね。

遥を異性ではなくひとりの人間として見てくる女性はあまりいない。心春と同じく一緒にいて居心地がいい相手だが、心春に感じるような欲求は抱けない。

特別に感じるのは心春だけだ。彼女が歩む時間のすべてに関わりたいし見守りたい。

麻衣里は最後の一滴までグラスを呷った。

「つまり胡桃沢君は居心地のいい距離感を保ったまま関係を変化させたいわけでしょう？　でもいつまでも安全牌《ぱい》ではいられないわよね。トンビに油揚げを奪われたくないし」

「女性を油揚げ扱いはどうかと思うけれど、そうだね。桃ちゃんから嫌われたら立ち直れないかもしれない。それに俺が認める相手じゃないと桃ちゃんは任せられないな」

「身内より判断基準が厳しそうじゃん。厄介なお父さんと張り合える男がこの世にいるかね？」

「そこはせめてお兄さんじゃない？」

兄枠に収まりたいとも思っていないが、麻衣里の言う通り安全牌ではいられない。

変化を望むなら行動するしかない。居心地のいい距離を保つなど都合がいいだけだ。

——まずは俺を男として意識してほしい。

隣で安心して眠ってもらえるのはうれしいが、ドキドキもしてほしいと思うのは欲張りだろうか。

いささか早い時間だが、心春が起きないため早々に解散となった。

「ここは俺が出すよ」と、遙はカードで支払う。

「いいよ、途中から参加なのに悪いって。自分の分は出すよ？」

「ふたりの飲み会に参加させてもらったのは俺の方だから、気にしないで払わせて。それに時東さんにはアドバイスも貰えたから」

「そう？　じゃあ遠慮なく、ごちそうさまです！」

麻衣里とは店の前で別れて、遙はタクシーを拾うことにした。配車アプリで依頼し、ほどなくして店の近くにタクシーが停《と》まった。

——さて、どうするか。桃ちゃんの自宅は知らないからな。

必然的に選択肢はふたつだけ。ホテルを取るか、遙の自宅に連れ込むか。

関係を進めるなら今が分岐点だろう。遙はタクシーの運転手に自宅の住所を告げた。

酔いつぶれた心春を抱えて帰宅する。

――まさかこんな形で自宅に連れ込むことになろうとは。

出会ってから七年ほど経過するがはじめてのことだ。

「着いたよ、桃ちゃん」

パンプスを脱がせて、寝室に運ぶ。

ダブルベッドに心春を寝かせても起きる気配はまったくない。

「あまりに無防備だな。どうしたものか」

おいしそうな脚が丸見えだ。ひざ下のスカートが捲《めく》れて、膝小僧が見えている。

一応こんなこともあろうかと用意していたクレンジングシートを洗面所から探し出して、心春の化粧を落としていく。

摩擦が肌の刺激にならないように丁寧にメイクを落とし、さらにコットンとふき取り化粧水で肌の余分な脂《あぶら》分を拭い落とした。

「基礎化粧品は好みがあるから用意していないんだけど、桃ちゃんの好きなシートマスクならあるからこれでいいかな」

なにかの雑談で心春が言っていたものだ。最近はスキンケアも面倒で、毎晩シートマスクと余力があればクリームを塗って終わらせていると。遙は心春との会話を一語一句覚えている。彼女がなにを好きで、どんなものを使っているのかを重点的に。

薦められたものはすぐに購入するし、心春が好きだと言った映画やドラマも視聴する。彼女を構成するものは一通り把握したいなど、自分でもおかしいことはわかっていた。

──使っているクリームまでは聞きそびれてしまったな。でもまあ、保湿力のあるマスクだから乾燥はしないと思うけど。

最低限のスキンケアはできた。

次は着替えだが、交際していない女性の服を脱がすのはアウトだろう。

きっと心春は遙が着替えをさせても怒らない。びっくりはするだろうが、最終的には「まあいっか」と受け入れそうだ。

そんな大らかなところも愛らしいが、無防備すぎて苦言を呈してしまうかもしれない。

──受け入れられたら微妙だな。俺のことを男として見ていない証《あか》しじゃないか。

遙はふう、と息を吐いた。

脱がせることはダメだ。心春の下着姿を見ても平常心でいられる自信はない。

手を出さないように理性を働かせる。

「……服はこのままにするとして、さすがに寝ている相手の歯磨きまでは難しいな」

目が覚めたら歯を磨きたいはずだ。来客用の歯ブラシセットはあるので、念のため洗面台に置いておくことにした。

心春の顔につけたシートマスクをそっと剥《は》がす。肌の潤いが増していた。

「肌がぷるぷるしている」

もっちりした肌に触れたくなるが、少しでも触れたらとめどなく欲望が溢《あふ》れてしまうだろう。

化粧を落とした素顔はどこかあどけない。心春の寝顔は愛らしいが、起きているときの方が魅力的だ。

真っすぐな視線は吸い込まれそうなほど澄んでいて、彼女の黒目を見つめるだけで胸が騒がしくなる。

黙っていても感情豊かで、視線だけでなにを考えているのかが丸わかりだ。

仕事はきっちりする反動なのか、私生活は割と適当なところも魅力のひとつだろう。

遙はベッドの端に腰をかけた。

触れるべきではないと思っていたが、少しだけ触れてみたい。

彼女の艶やかな黒髪を丁寧に指で梳《す》く。いつまでも触れていたくなるほど指通りがいい。

「桃ちゃん……桃」

出会ったときから呼び続けている心春の名前を呼ぶが、一向に目覚める気配はない。

「……心春」

心の中でしか呼んだことのない彼女の名前を呼んだ。

「……ん」

心春は小さく身じろぎをした。

遙の方へ寝返りを打つと、ふたたび寝息を立ててしまう。

警戒心が一切ない姿に苦笑する。

それほど心を許してくれていると思えたらいいが、目が覚めたときの彼女の言動次第ではまだまだだと思わされるかもしれない。

——ああ、でももう戻れないな。

仲のいい同期のままではいられない。心春を独占できる権利がほしい。そのためには恋人と呼べるポジションになりたい。

小さな唇をスッと撫《な》でる。このまま唇を味わいたい。

口紅が落ちた唇は血色がいい。元から口紅を塗らなくても色づいており、リップクリームの保湿だけでも十分艶めかしい。

——我慢のしすぎで、キスだけで達するかもしれない。

遙は苦笑する。身体《からだ》に溜《た》まった熱を定期的に発散しているが、そのときは常に心春のことを思い浮かべていた。

いつか彼女の華奢《きゃしゃ》な手で遙の昂《たかぶ》りを握ってくれる日は来るだろうか。積極的にそんなことをされたら背徳感のようなものまで味わいそうだ。

穢《けが》したくないと思うのに、欲に塗《まみ》れた想像が止まらない。

『遙も気持ちよくなって』

今にもそんな幻聴が聞こえてくる。一度も言われたことがない台詞だというのに、遙の脳内では心春の声で再生された。

「ああ、ダメだ。ごめんね、心春」

心春の寝顔を眺めながら、遙はベルトを手早く外し窮屈な怒張を解放した。

情けないほど身体は正直だ。先端から涙を滲《にじ》ませている。

――こんな汚らわしい姿を見られたら嫌われるだろうな。

大切な女性の寝顔に欲情するなどケダモノみたいではないか。扇情的な姿を見たわけでもないというのに、浅ましい感情が暴走する。

「……ン」

臍《へそ》にまでつきそうなほど、遙の欲望はいつになく興奮している。

上下に擦る音が心春の鼓膜に届いていると思うだけでたまらない気持ちになった。

もしも彼女の脱ぎたてのストッキングが手を伸ばした先にあったら、それを心春の手の代わりにするかもしれない。

――……邪《よこしま》な妄想が止まらない。

ストッキングの滑らかな生地が己の楔《くさび》に擦れたら、刺激が強すぎるだろうか。もしくは弱いと感じるだろうか。

だがそれはただのストッキングではない。心春が一日身に着けていたものだと考えるだけで、すぐに欲望を吐き出せる自信がある。

――脱がさなくてよかった。

もしも心春を着替えさせていたら、遙は自分の欲を止められるか自信がない。替えのストッキングがあるなら問題ないではないかと自分自身に言い訳をするだろう。

特殊性癖があるわけではない。ただ心春の匂いが染み付いているものに興奮するだけ。

「心春……」

口から甘い声が零れた。名前を呼ぶと興奮が増す。

心春は返事をしない。深く熟睡しているらしい。

薄く開いた唇に己の唇を重ねたくてたまらない。いやらしい気持ちが止まらず、彼女を貪《むさぼ》りたくてどうにかなりそうだ。

――はじめてのキスはきちんと意識があるときにしないともったいない。

そうだ。心春とのはじめては遙にとってすべてが記念日となる。

ならば今奪ってはいけない。それに反応が返ってこない状態で自分本位にキスをするのは恥ずべき行為だ。

『遙、最低』と罵倒されたくはないけれど、怒る心春も絶対可愛いだろう。

「……クッ」

軽蔑する眼差《まなざ》しを想像した瞬間、遙は手の中に精を放っていた。どろりとした残骸が手を汚す。

――まったく、どうかしている。

心春のどんな表情でも興奮できるなど、あまりにも節操がない。

「……ごめんね、心春。睡眠の邪魔をして」

謝罪の声は届いていないだろう。心春の表情は変わらなかった。

遙は手早く汚れた手を洗い、自慰行為の痕跡を消す。

少しの罪悪感と、彼女が寝ている安堵《あんど》感が交ざり合う。

叶《かな》うことならこれから毎晩、心春の眠りを見守りたい。

「ねえ、心春。起きたら覚悟しておいてね」

――心春は優しいから、俺を拒絶しないはずだ。

そんな風に考えるのはズルいかもしれない。だがこれから男として意識してほしいのだから打算が働くのは仕方ない。

まずは翌朝目が覚めた彼女の胃袋を掴もうか。

柔らかく微笑みながら、遙は心春の額にキスを落とした。

◆　◆　◆

「う、ん……あれ？」

目が覚めたら知らない部屋だった。

そんな状況は二十八年間生きてきて一度も遭遇したことがなかったのに、私は人生ではじめてと言っていいほどパニックになった。

「え、どこっ⁉　うちじゃない！」

ホテルの一室みたいだ。よくＳＮＳでホテルライクな寝室と紹介されていそうな部屋に見える。

天井の照明がオシャレなペンダントライトで、インテリアに拘《こだわ》りが詰まっていそうだが……。ここは普通の部屋でいいのよね？　と、冷や汗が流れる。

「待って、昨日なにがあったっけ？」

そっと自分の服を確認してほっとした。記憶の服装のままだった。

多少皺《しわ》はついているけれど、脱がされた形跡も乱れもなくて安堵する。

「いつものイタリアンを食べて飲んで……しまった。会計をした記憶がない」

つまりここは麻衣里か遙の家……でも麻衣里の部屋ではないだろう。

「おはよう、桃ちゃん。目が覚めた？」

「っ！　遙？　やっぱりここは遙の家!?」

「うん、そうだよ」

平然と言ってのけられた。出会ってから七年くらい経《た》つけれど、家にお邪魔したのははじめてだ。

「バッグ探してるかと思って持ってきた」

「ありがとう。というか、ごめん。昨日私、お店で寝ちゃった？　お会計いくらだった？」

「俺が払ったから大丈夫」

「そういうわけにはいかないから。誕生日なら奢《おご》ってもらうけど、ただの飲み会で奢られる理由はないでしょう」

「でも時東さんからも貰わなかったから、桃ちゃんだけ払ってもらうっていうのもね」

麻衣里……あいつタダ酒ラッキーって思ったんだな？

「……じゃあ、次のランチかなにか奢らせて。いや、それだけじゃ見合わないと思うけど」

迷惑をかけたのだから迷惑料も上乗せしなければ。私を運ぶためにタクシーだって拾ったのだろう。

遙は「気にしなくていいけれど、桃ちゃんの気が済むならそれでいいよ」と答えた。ぜひともそうさせていただきます。

しかし、ひとりで1LDK以上の部屋に住んでるのか。

家賃いくら払ってるんだろう……まあ、役職付きなので、私よりお給料がいいのは当然だけども。

あまりゆっくりするのも迷惑になる。

ベッドから下りようとして、足がもつれてしまった。

「わ、わぁっ」

「危ない」

遙はこけそうになった私を難なくキャッチした。

彼が着ている薄手のニット越しに逞《たくま》しさを感じる。途端に顔が熱くなった。

「ごめん！　よろけちゃって」

「うん、怪我《けが》しなくてよかった」

そう言いながら遙は私を抱きしめた。

……って、今のどこに抱きしめる要素があった？

「あの、遙君？　そろそろ放してもらえたら」

「うん、名残惜しいけど仕方ない。朝食の準備をしてるから、支度ができたらリビングにおいで。洗面所はそっちね」

寝室の隣がバスルームらしい。

「朝はコーヒーと紅茶、どっちがいい？」

「どっちも好きだけど、コーヒーにしようかな」

「ミルクと砂糖もいるよね。用意しておくよ」

そう告げてから遥は去って行った。

階段を下りる音が聞こえるんだけど、遥の住所も知らない。ここってマンションじゃなかったの？

「……そういえば私、遥の住所も知らない。どんな部屋に住んでるのかも」

合鍵を渡されそうになったことはあったけど、当然ながら断っていた。付き合いは長いのに知らないことは案外多い。

洗面所を借りて鏡に映った顔を覗《のぞ》く。

「なんでスッピン？　クレンジングした覚えはないんだけど、まさかスキンケアまでされてる？」

これって普通なの？　男性との交際経験がほとんどないためよくわからない。

やはりあの男は異性の友達というより、女友達のカテゴリーに入るのではないか。

ありがたいけれど複雑な気持ちを抱きつつ手早くバッグを漁る。

「……そうだった。化粧直しのポーチとか持ち歩いてなかった」

これは恥ずかしい。素顔で外を出歩くのか……。

せめて日焼け止めクリームとアイブロウは持ち歩こう。なんなら遥が持っているかもしれない。

そして今さらながら、スッピンを晒《さら》していることが恥ずかしくなった。今年二十九を迎える年齢で、お肌の曲がり角なんてとっくに来ているのだ。

顔を洗い、歯を磨いて、手早く服についた皺をパパッと伸ばした。

寝室とバスルームは二階で、リビングやキッチンは一階にあるようだ。

「遙、この家ってメゾネットマンションってやつ？　それともまさか戸建て？」

「メゾネットタイプの集合住宅だよ。海外のタウンハウスみたいな感じかな」

二階に二部屋あるらしい。一階はリビングダイニング、キッチン、トイレ、そしてサービスルームまであるとか。

「外にゲートがあって、一応そこがオートロックになってるかな。気になるなら後でゆっくり見て回ろうか」

「あ、うん、ありがとう……というか、すんなり引っ越しも終わってたなって思ったけれど、よくこんな物件が見つかったね」

二月に帰国してからまだ二か月ほどしか経過していない。部屋は綺麗に片付いており、段ボールなんかひと箱も見当たらない。

いや、綺麗すぎじゃない？　改めてリビングを眺めてびっくりするわ。

「元々住んでたからね。俺が不在中は管理会社の人に管理してもらってたから。ここは家族が所有していたんだけど、数年前に俺が相続してるから今は俺の物件」

都内に不動産があるのをはじめて知った。

というか、ご実家が不動産をいくつも所有していることにも驚きだ。

長い付き合いだけど、やっぱり知らないことも多い。育ちは良さそうだと思っていたけれど、私が感じていた以上にボンボンかもしれない。

「そういえば遙のご実家のこととか全然聞いたことなかったね。それにしても綺麗すぎじゃない？　モデルルームですか？」

「なに言ってるの。ちゃんと住んでるよ」

全体的に北欧ナチュラルのインテリアで居心地はいい。

視界に最初に入る大型家具のソファなんてピスタチオグリーンの布張りと白のレザーに、脚はナチュラルウッドだ。

「いや、こんなオシャレな色のソファなんて難易度高すぎて選べないって！　無難にベージュやグレイとかにしちゃうし、白だって汚さないか不安になりそう」

「合わせやすい色だとそうだろうけど、無難ってちょっと面白みがないでしょう。いくつか候補の布を取り寄せたら、この色が一番綺麗だったから。せっかくなら脚もメイプルウッドにカスタマイズしてもらったんだ」

「ソファを自分好みにオーダーしたってこと？」

そんなことまでできるのか……私なんて価格と見た目とレビューが決め手で家具を購入している。できるだけ店舗で座り心地も体験したい。

「案外リーズナブルな価格でできるんだよ。ただ納品まで三か月くらいはかかるから、早めにオーダーした方がいいけどね」

ドラマのセットに使われていても遜色《そんしょく》がない。私の統一感のない部屋とは雲泥の差だ。

ダイニングテーブルもラウンドで、長方形じゃないところがオシャレというかなんというか……そして椅子もすべてデザインが違う。

「椅子に統一感がないのはあえてなの？」

「気分によって座り心地が違う椅子の方がいいから」

「オシャレな人の発想だわ」

遙は丁寧な暮らしをする人だろうなと思ったことはあったけど、いろいろと想像以上だった。拘りが強いのはわかっていたけれど、頑固ではなくて柔軟性があることも知っている。

「人の家にお呼ばれされることってあんまりないけど、新しい発見があって面白いね」

「そう？　ならよかった。はい、コーヒー淹《い》れたからどうぞ」

「ありがとう……いただきます」

手前にある椅子を引いた。ナチュラルな色合いの木の椅子だ。座面は硬めで安定感がある。

「朝ごはんは洋食でいい？　簡単なものだけど」

「朝ごはんまで作ってくれたの？　私が爆睡している間に」

「大したものじゃないから期待しないで」

なにからなにまで申し訳ないと平謝りしたくなった。土曜日の朝から人様が作ったご飯をいただけるなんて。

「まだ七時半だけど、遙は土日も早起きなの？　というか、昨日はどこで寝たの？」

今さらながら、彼のベッドを占領していたことに気づいた。こんなに喋《しゃべ》っているのにまだ頭が覚醒していないのかもしれない。

淹れたてのコーヒーを一口啜《すす》り、砂糖とミルクを入れた。コク深い味わいのコーヒーにまろやかさが加わっておいしい。

「起床時間は土日も関係ないかな。毎日六時には起きてるよ。昨日はソファで寝たけど気にしないで」

「え、あそこのソファで？　ごめんね！　ちゃんと眠れた？　っていうか、私をソファに転がしておいてもよかったのに」

「女の子をソファで寝かせて俺がベッドで寝るなんて、できるわけないでしょう」

女の子という年齢ではないのだけど……さらりとこういう扱いをされると、じわじわと顔が熱くなりそう。

「遙って変人なのに紳士だよね……これじゃあ勘違いする女性が減らないわ」

「線引きはしっかりしているから問題ないと思うよ」

目の前に朝食が置かれた。

こんがり焼き目がついたクロワッサンとスクランブルエッグ、サラダにウィンナー。そしてコーンスープまでついている。

「すごいね。カフェご飯みたい」

「パンは焼いただけで、インスタントのスープをお湯に溶かしただけだから。簡単なものだって言ったでしょう」

「簡単なものならスクランブルエッグじゃなくて目玉焼きにすると思うよ。おいしそう」

いただきます、と手を合わせてじっくり味わう。クロワッサンのバターの風味がたまらない。スクランブルエッグは絶妙なとろとろ加減で、用意されたケチャップをつけてもまたおいしい。

「おいしい。チーズまで入ってる」

「桃ちゃん好きかなと思って」

味覚を把握されている。好みがわかり合っている人といるのは居心地がいい。

遥は私の目の前に座ってコーヒーを飲みながら、笑顔で私を見つめる。

「……あの、あまり私を見ないでくれる？」

「なんで？」

「今スッピンなんで。メイク道具も一切持ってないから恥ずかしい」

「なにを今さら。昨日桃ちゃんのメイクを落としたのは俺だけど。乾燥対策に桃ちゃん愛用のシートマスクもつけたからツッパリ感はないでしょう？」

シートマスクまでとは想定外だった。思わず食べる手が止まってしまった。

「私、愛用のシートマスクまで話してたっけ？」

「うん、言ってたね。俺も試そうと思ってその日のうちに買ったから覚えてる」

やはり遙は記憶力がいい。私なんて自分がなにを喋ったのか覚えていないときの方が多い。

それにしても寝ている私にシートマスクをつけたとか、絵面がシュールすぎないか。

「いろいろと面倒をかけてごめんね……お手数おかけしました。おかげで肌の治安が守られました」

「手数だなんて思っていないから大丈夫。今後も疲れてなにもしたくないときはいつでも俺を呼んでいいからね」

普通は軽口に聞こえるけど、遙が言うと冗談じゃないんだよな……本気で思っているからこそ頼ることはできない。

「まだ人間捨ててないから大丈夫」と告げて、クロワッサンの最後の一口を食べた。

朝ごはんのお礼に皿洗いを申し出たけれど、食洗機があるからと断られてしまった。なにも役に立てないまま迷惑をかけて帰るというのも心苦しい。

「わかった、じゃあせめてベッドのシーツ類を洗濯機に放り込んでから帰るね」

「気にしなくていいのに。俺は気にしないよ」

含みのある言い方はよしてもらいたい。同じシーツで寝ても気にしないと言われている気分になる。

遙の発言を無視してサクッとシーツ類を引っぺがした。ドラム式の洗濯機を見て、最新家電が羨ましくなる。

「私も次買うときはドラム式にしようかな」

「メリットデメリットはあるけれど、家事の負担は減ったと思う。でもいろいろ比較してから選ぶのがいいだろうね」

それはその通りだ。

私から洗い物を奪った遙は手早く洗濯機を回した。これで一応私がやれることは終わっただろう。

「では帰ります。ありがとうございました」

「え、もう？　まだ九時過ぎだよ？」

「電車はとっくに動いている時間だからね。ところでここ、最寄りはなに駅？」

会社から三駅という好立地だった。ちょうど私のマンションと会社の中間地点で、電車一本乗り換えなしで帰れる。

「いい場所に住んでるね」

「一緒に住む？」

「急に同居を勧めてくるのはびっくりするわ。遠慮します」

「そう、残念。じゃあ送るよ」

本当、どこからどこまでが冗談なのやら……常に本気だったら寒気がしそうだけど、拒否したら引いてくれる。適度にスルーするのが一番だ。

「でもその前に日焼け止め貸してあげる。顔と首に塗ってね」

私が普段から使っている日焼け止めと同じブランドのものを渡された。もはやなにも驚くことはない。

ありがたく貸してもらい、日焼け対策はできた。日焼け止めだけでも塗ると、スッピンでも外に出るハードルが下がる。

「ああ、でも寂しいな。ねえ、本当に帰っちゃうの？　せっかくなんだから映画でも観に行かない？」

「映画は気になるけど、シャワーを浴びたいし着替えたいからね。それに溜まってる家事もやらないと」

「それなら桃ちゃんがシャワーを浴びている間に俺が家事を片付けようか」

「人を招けるような状態じゃないから無理です。というか、遙は私を甘やかしすぎだから気をつけてね」

昔からこんなに世話好きな性格なのだろうか。ぜひとも一度ご家族に訊いてみたい。

「なんで甘やかしたらダメなの？」

遙は真顔で私に問いかけた。

「……はい？」

「俺がしたいことをしているだけなんだから、桃ちゃんは甘やかされていいんじゃないかな。別に世話を焼かれるのも嫌いじゃないでしょう？」

悪魔の甘言に聞こえた。私をダメ人間にでもするつもりなのか。

そういうのは付き合っている彼女に……と、言いそうになったが、これまで言っても響かなかったんだった。

この会話、定期的に繰り返しているけど答えはいつも平行線だ。

「なんでと言われると答えに困るかも……」

「それなら甘やかしてもいいよね」

「いやいや、私も自立した大人なので！　とりあえず今日は解散ということで、ごきげんよう！」

「仕方ない。それなら駅まで送るよ。今日は諦めるけど明日は映画を観に行ける？」

今公開中の映画で、気になるものがあると言ったのを覚えているらしい。

ひとりで観に行くと言ったら拗《す》ねるかもしれない。遙は顔に不満を出さないけど「次は約束して」と言われるのが目に見えている。

「……わかった。迷惑をかけた分、私が映画とランチを奢らせていただきます」

それで昨晩奢ってもらったこともチャラにしよう。

何故恋人でもない男と週末にまで会うのかはわからないけれど、深く考えたらダメだろう。

私は自分の思考にブレーキをかけて、大人しく駅までの道案内を受け入れた。

第二章

ゴールデンウィークも翌週に迫り、仕事は大型連休前で例年通り慌ただしい。

早くも連休のプランを立てていた同僚たちは皆ソワソワした面持ちで仕事をさばいていた。

今年は一日だけ会社の休日が支給されるため、飛び石のようになっていた祝日も自分の有給を一日使えば九連休になる。そのため地元に帰省する人、旅行に行く人が多いとか。

「桃枝さんはどこか行くの？」

会議室に移動中、同僚に尋ねられた。

「いえ、まったく。のんびり過ごす予定しかないですね。人ごみが苦手なので」

「そうだよね。連休だとどこも人が多いし、旅行も難しいよね」

新幹線のチケットを取ってまで国内旅行に行く気にもなれない。できれば普通の空いていそうな日に行きたい。

今年は何年も見て見ぬふりをしてきたクローゼットの断捨離を頑張ろうか。そういえば秋頃はマンションの更新があったはず。

会議を終えた後はお昼休憩がやってきた。スマホにはお約束のように遙からランチの誘いが入っている。

一週間に二回までならランチに付き合うと宣言したら、その通りに誘われている。遙も忙しい立場なのだから私以外との交流もきちんと深めるべきだろう。

『十二時半からなら大丈夫』と返信すると、すぐに既読がついた。彼は午後二時から会議が入っているので、ちょうどいいタイミングらしい。

パソコンをスリープモードに切り替えて、財布とスマホを手にする。お昼休憩に入ることを同僚に告げてからエレベーターで一階に下りた。

「早っ、もういるわ」

遙がいつもの待ち合わせ場所に立っている。

遠目からでもスタイルの良さが際立っており、近くにいる人たちの視線を一斉に浴びていた。

一八〇センチを超える長身でおまけに八頭身。スリーピースを着ていたらモデルか俳優かと周囲がざわめくだろう。

「撮影でもあったっけ？」と、遙をチラ見しながら囁《ささや》く女性たちを横目で窺う。

ただの一般人にしてはオーラがありすぎるのも大変だ。本人は見られることに慣れすぎていてスルーしているが。

「あ、桃ちゃん」

私に気づいた遙が声をかけた。

甘いマスクと美声が相まって、笑顔を直視すると心臓に悪い。

「ごめんね、エレベーターが混んでた」

「大丈夫。なにが食べたい？」

「そうだね、店内が広めで落ち着けるとこならどこでもいいかな。あと会社の人があまり来ないところ」

目立つ男がいると視線を感じて気が散るので。でも広めの店内というのはなかなか難しい。

「わかった、じゃあこっち」

三年間のブランクがあるとは思えないほど、遙は新しい店を開拓していた。オフィス周辺は選べるようでいて微妙にいい感じのお店は少ない。

「五分くらい歩くけど」と連れていかれた場所は、いつも行くエリアとは反対方向にある洋食店だった。可愛らしい内装と落ち着いた雰囲気で、ランチメニューもお手頃価格だ。

「へえ、こんなお店があったんだね」

タイミングよく奥の席が空いていた。ボックスシートでゆったりくつろげる。

「たまたま見つけたんだ。桃ちゃんが好きそうだと思って」

「そうなんだ。あ、デザートは追加で二百円だって。安いね」

今日のオススメはハヤシライスだ。他にもカニクリームコロッケ、オムライス、ハンバーグステーキなどの定番の洋食メニューが並んでいる。

「私、ハヤシライスのセットとデザートに紅茶のクレームブリュレにする。遙は？」

「俺も同じものにしようかな」

遙がふたり分の注文を店員に告げた。ＢＧＭに流れる洋楽もゆったりしていてリラックスできそうだ。

「そういえばこの間の飲み会で時東さんが話していた件だけど」

「なんだっけ？　麻衣里の情報は多すぎて」

「オフィスがフリーアドレスになるって話」

ああ、確かにそんな会話をしていた。お酒が入ってうろ覚えではあるが。

「あれ、今週中には社内にアナウンスされるそうだよ」

「え、そうなの？　じゃあ本当にリノベされるんだ？」

詳しい日程等もまとめて一斉に告知するようだ。さすが管理職。平社員より情報が早い。

……って、それなら麻衣里はなんなんだとも思うけど、彼女の情報網はさらに上を行くので規格外である。

届いたサラダを食べながら情報交換をする。

遙とは部署が違うため仕事の話はほとんどわからないけれど、誰が海外に赴任するとか、今年必須の研修などを話していたらメインのハヤシライスが届いた。

「そういえば新しいパソコンに交換しろって連絡が入っていたんだけど、遥はもう終わった？」

「俺は帰国したときに交換したから当分はないかな」

ドイツで使用していたパソコンはドイツ支社に返却し、帰国後に新しいパソコンを与えられたようだ。

「なるほどね。それにしても一年半で交換ってペースが早くない？　いくらセキュリティがって言っても、せめて二年は使わせてほしいんだけど。ファイルのバックアップとシステムのインストールが複雑で、仕事の調整も増えるし大変……」

他の会社は知らないけれど、弊社はパソコンの交換が早くて困る。セキュリティ以外の会社の事情も含まれているのだろうか。

「わかるけど、これぱっかりはね」

「だよねぇ……あ、このハヤシライスおいしいね。バターライスも絶品！」

自分ではなかなか出せないお店の味だ。コクがあってまろやかで癖になる。

「桃ちゃんが好きな味だと思った」

ボリュームもしっかりある。お上品なサイズだったら物足りないかもと思ったけれど、これなら成人男性も満足するだろう。

綺麗に完食し、食後のデザートとコーヒーを味わう。アールグレイの風味がしっかり利いたクレームブリュレは濃厚で滑らかで甘すぎない。

「デザートもすごくおいしい。これ食べ終わったらもう家に帰りたいね」

外は快晴だ。こんな天気のいい日にオフィスに籠《こ》もって仕事をするなんてもったいない。オフィスの近くの公園でのんびりしたい。現代人には緑を眺めて、疲れた目を休ませる時間が必要だ。

「気持ちはわかる。でもあと半日頑張ろう」

すぐに怠けたくなる私を、遥は叱咤《しった》することなく励ます。この男の部下たちは彼にどんな印象を抱いているのか少しだけ気になった。

「ごちそうさまでした。めちゃくちゃ満足なランチだったわ」

最後の一口を食べ終えたところで、遥は世間話のように提案する。

「ねえ、桃ちゃん。そろそろ俺と結婚しない？」

「は？　しないけど」

「残念。即答か」

コーヒーを飲みながら微笑んでいるが、彼は今なにを言った？

「気のせいかな。私プロポーズされた？　食後に？」

「したね」

「そもそも付き合っていないのに？　一足飛びにもほどがあるわ。私以外の女性にそんなこと言ったらマジに捉えられるからね？　そのまま区役所に連れ込まれたらどうするの。気を付けないとダメだよ？」

甘いものを食べた後はブラックコーヒーがおいしい。

口の中を苦さと中和させているけれど、時間差で変な緊張がこみ上げてきた。

「桃ちゃん以外にこんなこと言うはずがないでしょう。順序を守った方がいいなら俺と付き合ってくれる？」

「あの……なんで今さら？」

「日本に帰ってきたからかな。日常も落ち着いてきたし」

平然と言うけど本気？　いきなりすぎて妙なドキドキが止まらない。

だって相手は変人で、ちょっと気持ち悪いイケメンの胡桃沢遙だよ？

私の世話を焼くのが好きな変わり者で、それさえなければ完璧な王子なのにと噂される社内の有名人。

まさか本気で恋愛感情を向けられていたなんて思わなかった。今まで甘い空気を出されたこともなかったのだから。

「でも急なことで混乱すると思うから、俺も譲歩しようと思う」

「っ！　そうね、そうしてくれたら助かる」

よかった、私の気持ちを汲《く》みとってもらえた。

ほっと一息ついたが、譲歩の内容はまた予想外だった。

「俺に三か月ちょうだい。期間限定のお試しでもいいから、まずは三か月俺と付き合って。それでも桃ちゃんの気持ちが変わらなかったら、もう少し待ってから再挑戦する」

「……それ、結果は同じなのでは」

選択肢があるようでない気がする。

「そうだね。だって俺以上に桃ちゃんのことを理解している男って存在するとは思えない。君が幸せになれる男が他にいるなら身を引くけど、いないでしょう？」

すごい自信だ。思わずカップを持つ手が止まってしまった。

断言されると同意したくないのだけど、残念ながら私の一番身近な異性は遥である。私の好みを把握していて、私の性格も仕事も全部理解している男は彼以外に存在しない。

「遅かれ早かれ付き合うことになるなら、今の方がいいと思うよ。ゴールデンウィーク中にじっくり見極めることもできるから」

「……私、はじめて遥の笑顔が腹黒く見えたかも」

爽やかな笑顔が眩しい社内一の王子様。ちょっと気持ち悪いところさえ目を瞑《つぶ》れば理想的な恋人ではある。

「ありがとう」

「褒めてないよ？」

「桃ちゃんからの評価は俺にとっては全部褒め言葉」

打たれ強いにもほどがある。

私は瞬時に頭の中で計算を試みるが、なんかもう思考が真っ白でなにも考えられそうにながった。

「ゴールデンウィーク中に見極めるって、具体的にはどういう……」

「なにも予定が入っていないのはお見通しだからね。とりあえずうちに滞在しようか。実際一緒に住んでみたらどんな感じなのかシミュレーションもできるしいいでしょう？」

本格的な交際前に、お試し同居を提案されているらしい。

いや、さっきから段階を飛びすぎじゃない？　普通付き合ってから同棲《どうせい》ではないの？

「遙に常識が通じないのを改めて実感した」

「うん、そうだね。常識なんて守っていたら手に入れたいものも入れられない」

「私、別に難攻不落な攻略対象とかじゃないからね？」

「俺にとっては手強い相手だと思っているけどね」

好意があるとは思っていたけれど、恋愛とは別のものではなかったのか。

遙が向ける感情が本当に恋愛感情なのかはわからない。もっと別のものが含まれていそうだけど、それがなにかも説明できない。

「遙って私のことが好きだったの？」

「もちろん」

なにを当たり前のことを今さら？　とでも言われている気分だ。

「……まあ、お試しの三か月ならいいよ」

予定を先延ばしにした方が気になってしまうだろう。それに遙が言う通り、長期休暇を挟んだ方が互いの欠点も見つかりやすい。

「じゃあそういうことで。そろそろ戻ろうか」

さほど待ち時間もなく食事が届いたので、今から戻っても時間には間に合う。とはいえ、なんだかあっさりしすぎではなかろうか。

伝票を持ってレジに向かった遙の後ろをついていく。お会計は一緒でと言われる前に「別々でお願いします」と口を挟んだ。

「一緒でいいのに」

「ダメ。自分の分は自分で払います」

クレジットカードのタッチレス決済で手早く支払った。店員さんに会話が聞かれていなかったか内心焦るけれど、接客業のプロは変わらず朗《ほが》らかな笑顔を浮かべていた。

オフィスまでの道のりを歩いている途中に、コロン、とイヤリングがアスファルトに落ちた。

「あ、待って。イヤリング落とした」

幸い傷はついていない。シンプルなゴールドのイヤリングはお気に入りだけど、髪が引っ掛かると落ちやすい。

「貸して」

遥は私の手からイヤリングを奪うと、腰を屈《かが》めて耳につけてくれた。

男性にアクセサリーを付けてもらう経験なんて一度もなくて、思いがけない行動にドキッと心臓が跳ねる。

「あ、ありがとう……」

「どういたしまして。それで今後のことなんだけど」

「うん？」

一旦終わったと思った会話が蒸し返された。まあ、確かに今後どうするかは決めておいた方がいいけれど、オフィスはもうすぐ目の前ですが？

「数日分の荷物をまとめておいて。俺の家に泊まれるように」

「……やっぱりお泊まりは早くない？」

「もうこの間泊まったじゃない」

そうだけど、そういうことではない。

「桃ちゃん用のスキンケアと日用品は一通り揃えてあるから安心して。あとパジャマとタオルも」

「待って、なんで？」

「必要最低限のものは揃えておいた方が便利だと思って。シャンプー類も桃ちゃんが使っているのを買っておいたよ」

　言われたブランド名は基本的にサロンでしか購入できないやつだった。確かに私の愛用品ではあるけれど、どうやって手に入れたんだ。

「最近ではＥＣに正規のブランドも出店しているから」

「へえ、知らなかった。じゃあ私も通販で買おうかな」

　って、そうではない。なんで遥の方が詳しいんだ。

　まさか下着まで用意しているなんて言わないよね？　と思うものの、確認するのは憚《はばか》られる。

　遥の〝こんなこともあろうかとグッズ〟は常に進化してそうだ。

「もちろん今夜からでも泊まれるけど」

「遠慮します」

　すぐにこんな発言をするから油断ならない。気を引き締めておかないと、気づかないうちに丸め込まれてしまいそうだ。

「残念。じゃあまた連絡するね」

　エレベーターホールで別れる。遥と別々のエレベーターに乗って、ほっと息を吐いた。

　なんだかヤバい約束をしてしまった……一体どうしてこうなったんだっけ。

　ゴールデンウィークのスタートとともに遥の家に居候《いそうろう》することになるとは思ってもいなくて、この日は午後の仕事に集中できずに一日を終えた。

◆　◆　◆

期間限定の彼氏ができたことを麻衣里にも言えないままゴールデンウィークがやってきた。

飛び石連休だけど、私もちゃっかり有給を使って九連休をゲットしている。

観光地以外ならどこかに出かけようかとは思っていたが、そのどこか＝遙の家になるとは思ってもいなかった。

最寄り駅から徒歩五分。オシャレなカフェが立ち並ぶエリアから少し離れた先に、ひっそりと住宅街があった。

ここに来るのは二回目だけど、外観から漂うオシャレさが凄まじい。恐らくデザイナーズ物件なのだろう。

アールデコ調のゲートの前でオートロックを解除してもらう。中に入るとほどよく緑が広がっていた。この間は気づかなったけれど中庭まであるらしい。

どう考えても普通のサラリーマンがひとり暮らしで住める物件ではない。

でもみんなの憧れの胡桃沢遙が住んでいる物件と言われると納得がいく。タワマンに住んでいるイメージとは少し違うから。

「桃ちゃん、こっち」

ぼんやり歩いていたら迎えが来てしまった。わざわざ外に出なくていいのに、こまめな気遣いが遙らしい。

「出迎えありがとう。では、お邪魔します」

「いらっしゃい。荷物はこれだけ？」

「うん、十分かなって」

キャリーケースに数泊分の服を詰めている。

今日はゴールデンウィークの初日で、私はぼんやり予定していたクローゼットの断捨離には目を瞑ることにした。

一歩室内に入ると、なんだか芳《かぐわ》しい匂いがした。オシャレなルームフレグランスの香りだ。

「この間は気づかなかったけど、玄関にルームフレグランスっていいね」

「よかった。桃ちゃんが好きな香りかなと思って」

湧き上がった疑問やツッコミは呑み込んで、「さすが遙」と言いながら靴を脱いだ。

改めて考えると、友人宅にお泊まりも小学生以来したことないかもしれない。

そもそも大人になってからのお泊まりってなにをするの？　自宅でゴロゴロ映画鑑賞会？　それとも酒盛り？

しまった、お酒でも買ってくればよかったか。後でコンビニかスーパーに行こう。

「お昼食べてないよね」

「あ、うん。まだだけど」

「簡単なものでよければ作れるよ。それか買い物がてら外食する？」

「作るの大変だから、サクッと外で食べちゃおう」

遙の案内を受けながら散策する。

徒歩圏内で行けるランチのラインナップがうちの近所より充実していた。なんて羨ましい。

近くには公園もあるらしく、遙は早朝ランニングをしているとか。健康的すぎて見習わなければ。

「仕事も忙しいのにランニングまでって、体力作りの一環？」

「それもあるかな。気分転換になるし、デスクワークが中心だと運動不足になりがちだから」

「……」

なんとも耳が痛いお言葉だ。私は去年買ったヨガマットを出番がまったく来ないまま、クローゼットの一員にしている。

遙の筋肉質で引き締まった身体は日頃のトレーニングの賜物《たまもの》だった。

「えらいね。私も怠けずに頑張るわ」

スポーツウェアはどこにしまったかな。帰ったら探そう。

「それなら明日の朝は一緒にランニングする？」

「ウォーキングなら考えるけど、ランニングは遙ひとりでどうぞ」

一キロ走るのだって高校の体育以来していない。足を引っ張る自信しかない。

近所をぶらぶら歩いていたら、老舗風のお蕎麦《そば》屋さんを発見した。店内が広いので待たずに案内される。

「いいな、うちの近所はこういうお蕎麦屋さんがないんだよね。チェーン店はあるんだけど、男性客が多いからひとりじゃ入りにくくって」

「そっか。じゃあうちに引っ越してきたらいつでもここに来られるね」

サラッと提案するけれど、引っ越しませんからね？

この男なら私のマンションが今年更新なのを把握していそうだ。どこかでポロリと言った可能性も捨てきれない。

「遊びに来たときにでも寄らせてもらおうかな。私、天ざる蕎麦にする。遥は？」

「天ざるいいね。今日は暖かいし、俺も同じものにするよ」

ほうじ茶を啜る。オシャレなカフェやイタリアンも好きだけど、和の雰囲気はやっぱり落ち着く。常連客が多く訪れる店は味も期待できそうだ。

「それで、今日からなにして過ごすつもりなの？　なにも考えずに来たけれど」

そういえば遥は毎日家でなにをして過ごしているのだろう。私みたいにドラマの配信を観てだらだら時間を潰《つぶ》すことなどしてないだろう。

時間ができれば身体作りをしたり、株の銘柄でも選んでそう……。

改めて考えてみたら、私の好みは把握されまくっていても遙のことはあまり知らないかもしれない。

誕生日になにをあげても喜んでくれるし、遙の口から好きなものを聞いたことはあったかな？　付き合いが長いのになんとなくしかわかっていないことに気づいた。

「一応連休の過ごし方のプレゼン資料を作ってみたから、後で見せるね」

斜め上の答えが返ってきた。

飲んでいたほうじ茶を噴きそうになった。

「待って、まさかパワポで作ったの？　ちょっと面白すぎるんだけど」

仕事じゃないか。でも遙ならサクッと作成しそうだけども。

「今まで考えていた桃ちゃんとやりたいことリストをまとめただけだよ。連休中は生憎《あいにく》天気が優れない日が多いから、雨天の場合の予定もいくつか練り込んでるし安心して。もちろんその通りじゃなくてもいいし、家でのんびり過ごしてもいい」

君の意見を優先したいと言われると甘やかされすぎているような気がする。遙はもう少し自分のわがままも出した方がいいのでは。

「ありがたいけれど、遙は自分がしたいこともちゃんと考えてる？　私のことばかり優先されるのは嫌だよ？」

「十分優先してるよ。桃ちゃんが俺のところに泊まりに来てくれただけで正直すごく満足している」

「……」

不意打ちの微笑は心臓に悪い。周囲にまでキラキラが飛び散っていないだろうか。

美形の笑顔は見飽きないけれど、それが私に向けられているのかと思うと落ち着かない。全部本心なのも質《たち》が悪い。

「お待たせしました」

天ざる蕎麦が運ばれてきた。

海老天《えびてん》以外にも大好きな舞茸《まいたけ》と大葉の天ぷらなどが入っていた。

「衣がさっくさくでおいしい」

「そうだね。蕎麦も風味があって味わい深い」

自宅の周辺にお蕎麦屋さんがあれば週一で通うかもしれない。次に引っ越すなら名店の傍がいい。

お腹《なか》を満たして店を後にする。お会計はきちんと別で支払ったが、遙は若干不満気味だ。

「桃ちゃんは俺の彼女なんだから財布を出す必要はないのに」

「付き合ってても割り勘じゃないと嫌だよ。対等な関係がいいもの」

「俺は彼女の分は全部面倒がみたいんだけど」

その傾向は前から知っていたけれど、ここで譲ってはいけない気がする。なにせ遙のブレーキを信用していない。

金銭感覚を深く考えたことはなかったけれど、付き合うなら一致させておいた方がいいだろうか。

でも結婚するならまだしも、お試しの交際期間中に他人のお財布事情へあれこれ口を出すのも憚られる。

「誕生日やイベントならありがたく奢ってもらうけど、普段は別々にしよう。もちろん私も遥の誕生日はご馳走したいと思ってるし、そのときは遥も受け入れてもらえたらうれしい」

「……わかった。でもうちに滞在中の生活費は貰わないからね」

彼なりに譲歩しているのだろう。まあ、相手は管理職で私よりも高給取りなので、そこは素直に呑み込んだ。

「で、遥君。この手はなにかな？」

「桃ちゃんの手を要求している。彼女なら手を繋《つな》いでもいいでしょう？」

道端で手を差し出された。

直球で要求されて、びっくりを通り越して冷静になっている。

改めて考えると、恋人ってなにをするんだっけ。

遥は一番近くにいる異性だけど、日常的にご飯も食べに行っているし映画にも付き合っている。恋人は今までの関係の延長線のように思っていた。

「手を繋ぐくらいはいいか」

「うん、ありがとう」

しっかり指を絡められた。これはいわゆる恋人繋ぎというやつではないか。

なんだろう。胸がざわざわするというかくすぐったいというか。

「ちょっと照れるね……私こんな風に手を繋いだことってないから」

ざる蕎麦を食べた後なのに、急に体温が上がる。意識しすぎたら手汗をかきそう。

「へえ、照れてくれるなんてうれしいな。桃ちゃんは手強いから、どうやったら俺のことを意識するかなって考えていたんだけど」案外王道路線が好き？」

「それ、本人に向けて言って大丈夫？　まともに男性と付き合ったことがないんだから仕方ないでしょう」

高校時代は憧れの先輩に一目惚《ひとめぼ》れをしていたけれど、片想いが実ることはなく彼は卒業した。

大学時代に一度だけ彼氏はいたが、ひと月手を出させなかったらすぐに浮気されて破局した。

たったひと月も我慢できないって怖くないか。自分の欲求を押し通すような男とは別れて正解だったと思っている。それって恋愛感情なの？　と疑問に思うので。

「それならひとつずつ新しい経験をしていこう」

遙は驚くことも馬鹿にすることもなく、ポジティブな物言いをしてくれる。そういうところが一緒にいて心地いい。

「ほどほどでお願いします」

最初からペースを上げられたら三か月未満で逃げ出すかもしれない……長い付き合いではあるけれど、私はまだ遙のことをちゃんと理解できている気がしない。

スーパーに寄って一通りの買い出しを終わらせた。

今夜はワインを開けて、のんびり食事を楽しみながら自宅で映画鑑賞の予定である。

遙は私にタブレットを見せてプレゼンを開始した。

「お出かけ候補地を近場と遠出でまとめておいたよ。近場は一時間圏内で行けるところ、遠出も新幹線を使わずに行けるところまでにしてみた」

人ごみが多くて観光地は嫌でしょう？　と言われ、激しく首肯する。わざわざ大型連休中に行く必要はないだろう。

まずは定番のデートスポットで、雨の日でも問題はない美術館、水族館、プラネタリウムにショッピングモール。一時間圏内で行ける場所も結構候補地は豊富にあった。

グルメ系で食べ歩きのプランには早朝の築地《つきじ》や豊洲《とよす》が入っていたが、早起きができるかが問題だ。海鮮は食べたいけれども。

「スパや日帰り温泉とかも考えたけれど、桃ちゃんはあまり好きじゃないかなって」

「そうだね、大浴場とかは苦手だからパスしたいかな」

昔、家族が大浴場に行ってから水虫を貰ったことがトラウマになっている。考えれば考えるほどいろいろ気になってしまい、大人になった今では温泉旅館なら家族風呂がついている部屋にしか泊まれない。

遙のプランには他にも身体を動かすアクティビティ系や、レンタカーを借りて日帰りドライブの案が入っていた。どれも無理のない範囲で考えてくれたことが伝わってくる。

「一日くらいは頑張って、朝から遊ぶのもいいと思う。遙はなにがしたい？」

「俺は桃ちゃんとふたりきりの空間に居られるなら全部満足」

それではこのプランはすべてお蔵入りではないか。

そういうの以外でと言うと、彼は思い出したようにスマホを取り出した。

「そうだ。明日のお昼は銀座《ぎんざ》でアフタヌーンティーを予約していたんだった」

「え？　いつの間に？」

「前に桃ちゃんが気になるって言ってたから、先月予約したんだよね。この日空いてる？　って訊いたでしょう」

……そういえば言われた気がする。でもどこでなにをするとは聞かされていない。

オシャレなレストランでアフタヌーンティーだなんて贅沢《ぜいたく》すぎる。もうそれだけで連休の思い出に十分では？

「正直とっても楽しみだけど、遙は私の発言を記憶しすぎだと思う。なんでも覚えていたらいつか脳のキャパが満タンになってショートするよ？」

なにせ人の通勤服まで覚えている男だ。どんな記憶力をしているんだ。

「大丈夫、桃ちゃんのことは別腹みたいなものだから。とりあえず明日は銀座でデートね。明《あ》後日《さって》からどうしたいかはゆっくり考えよう」

ガチガチにスケジュールを決められるのはしんどいけれど、遙は柔軟性があるので一緒にいるのは楽だ。

こういう空気感だから、まあいっか、という気持ちにさせられるのかもしれない。

「ところで私が使っていい部屋って？」

「二階の奥の部屋に案内するね」

率先してキャリーケースを持っていってくれた。私は手ぶらで後ろをついていく。

「ごめんね、本当は桃ちゃんの自室を再現できたらよかったんだけど」

「日常会話に怖い発言はやめようか」

私の統一性のない部屋より遙のインテリアの方が圧倒的にオシャレである。

客室として準備されていた部屋はシンプルながらも清潔感があって綺麗だった。

「水色のアクセントクロスが可愛いね。よく見たらヘリンボーン柄だ」

「ちょっと遊び心があってもいいかなと思って。普段は人が泊まるわけじゃないからベッドは簡易のものなんだけど」

折りたたみ式の簡易ベッドだけど、大きさもシングルサイズで十分だ。マットレスの上にはもう一枚、低反発のマットレスを敷いてくれている。

「寝心地がいまいちだったら俺のベッドに来ていいからね。なんなら今夜から一緒に寝ようか？」

もしやそれが狙いで簡易ベッドなのでは？

遥のニコニコした笑みを受け流すことにした。

「寝相が酷《ひど》いから遠慮するね。家主をベッドから蹴り落とすかもしれないので」

「そんな可愛い寝相はぜひ見てみたいな。俺は蹴り落とされても構わないよ」

「あの、初日からアクセル全開はやめようね」

欲望に忠実すぎる。でも寝室を用意してくれたのはありがたい。

「桃ちゃん用の日用品はこのバスケットに入ってるから。あとパジャマとタオルも」

スキンケア一式とシャンプーにコンディショナー。パジャマはもこもこ生地が可愛いブランドのもので、猫の絵柄がプリントされている。

「ありがとう」と大人しく受け取ったけれど、マジで用意されているとは……冷静に考えるともう視線が遠くなりそう。

「俺のパジャマでもいいよ。彼シャツや彼スウェットもアリだと思う」

「ナシですね」

下着まで準備されていないことに安堵した方がいいのかはわからないけど、こっそり持ってきておいたパジャマの出番はあるだろうか。

夕飯はワインを飲みながら遥の手料理を堪能し、最近配信されたばかりの話題のアクション映画を鑑賞する。

角度調整も簡単で持ち運びができるプロジェクターをロールスクリーンに映すと、自宅が映画館のようで迫力満載だった。

「これ座る?」と言いながら遥が持ってきたのはビーズクッションだ。

ラグにクッションを置いてだらりと座りながら映画を観つつワインを飲めるなんて、最高の休日では?

「ヤバい、家から出たくなくなる……」

「よかった。家の中が最高のリラックス空間になるようにした甲斐があった」

遥はソファに座りながら長い脚を組み替えた。なんともワイングラスがよく似合っている。

大画面の映画を自宅で満喫できるなら映画館に通う機会も減りそうだけど、映画館は迫力と臨場感がいい。それぞれ違った楽しみ方ができるし、ポップコーンとソーダは外せない。

夕食の洗い物をすべて食洗機にセットした。充実した家電製品の使い方は早めに覚えておいた方がいいだろう。

「桃ちゃん、お風呂がいい? シャワーだけにする? それとも一緒に入る?」

「シャワーをいただきます。でも遥が先に入ってきていいよ」

「そう？　残念。じゃあ先に浴びてくるよ」

残念とは？　一緒に入るのを拒否したことを言っているのだろうか。他の可能性はあまり考えないようにしたい。

「……気にしたら負けだな」

遙の軽口をいちいち真に受けない方がいい。そう思いつつも、一緒に入るかと提案されると心臓がドキドキしそうだ。

世の中の恋人は一緒にお風呂に入るものなのかな。温泉にも行かないので、誰かと一緒に入るお風呂なんて想像ができない。

でも付き合うからには身体の関係も含まれているのだろう。遙は当然それを望んでいるわけで……冷静に考えると顔から火が噴き出そう。

「どうしよう。ちゃんと確認するべき？」

最初が肝心なら、この三か月間になにをどこまで進めるのかも話し合った方がいいのではないか。

私は恋愛なんて初心者同然だけど、恐らく遙は私の想像なんて及ばないほど経験があるはずだ。

社会人になってから彼女の話は一切聞かないけれど、学生時代なら当然モテモテな学校生活を送っていたはず。なんなら幼稚園児の頃から彼女がいてもおかしくない。

「いや、下手に踏み込まない方がいいかもしれない。藪蛇《やぶへび》になったら困るもの」

私とどうなりたい？　と訊いて、もちろん抱きたいと返されたら明日から顔を直視できないかも……。

変人ではあるけれど、私の意思をきちんと優先してくれる紳士だ。嫌がることは絶対しないし、そこの信頼関係は構築されていた。

お水を飲んで火照《ほて》った顔を冷ましていると、シャワーを浴びてさっぱりした遥がリビングに下りてきた。

「桃ちゃん、お待たせ」

「っ！　あ、うん。じゃあ使わせてもらうね」

自宅マンションよりも広い浴室に入る。ホテルのアメニティグッズのように、身体を洗うタオルなども準備されていた。

「本当、隙が無い男だわ……」

妙にいい匂いがする。手早くクレンジングで化粧を落として全身を磨き上げた。

スッピンを晒すのは抵抗感があるが、もうすでに見られているので今さらだ。いつも使っているシートマスクで熱を鎮静させて、ヘアドライヤーを探す。

「あれ、ドライヤーってどこかな？」

顔にマスクを貼ったままリビングまで下りた。

「遥、ドライヤー貸して」

「ここにどうぞ」

ポン、と叩いたのはラグの上だ。

遥の手にはヘアドライヤーが握られている。確信犯か。

「おいで、俺が乾かしてあげる」

「ええ……じゃあ、お願いします」

まあ、このくらいはいいか。

私の面倒をみているときは上機嫌なので、好きなだけやらせてあげよう。

遥は丁寧にタオルで髪の毛の水分を拭ってから、私の髪にヘアオイルを馴染《なじ》ませた。オイルのフローラルな香りがいい匂いである。

「まさかヘアオイルまで準備してたの？」

「うん、シャンプーのついでに。桃ちゃんは普段使わないだろうと思って」

仰《おっしゃ》る通りです。

黙って成り行きを見守る。遥は思った通り、私が適当に乾かすよりも断然上手だった。

いいドライヤーを使っているのもあるけれど、彼の大きな手で乾かされるのは純粋に気持ちがいい。頭のツボまで刺激されている気分になる。

「はあ、トリミングされている犬みたい……」

「桃ちゃんが犬だったら俺はトリマーの資格を取得してるかも」

愛犬のためにトリマーになる男か。トイプードルとか飼いはじめたらトリミング方法まで学ぶんだろうな。

「もしも遙が犬だったら日本犬ではないかな。毛足が長めで、ファサッとしてそうな高貴な犬のイメージ」

「なにそれ。ボルゾイとかアフガンハウンドとか？」

「そうそう、すごく似合いそう。見るからにエレガントなお犬様って感じで」

「俺は猟犬や護衛犬の方がかっこよくて好きだな。ワイマラナーとかドーベルマンとか」

スマホでワイマラナーを検索する。短毛でグレイの毛色の犬は凛々《りり》しくて美しかった。

他愛《たあい》ない話をしていたら髪が綺麗に乾かされた。ついでに私の肌も十分潤ったので、シートマスクを外す。

「どうですか、姫様」

「うむ、苦しゅうない」

触り心地艶やかでさらさらだ。オイルとドライヤーでここまで髪質が変わるのか……。

「なんで急にオイルの写真撮ってるの」

「ドラッグストアに行ったらヘアオイルを買おうと思って。ドライヤーも」

「オイルはあげるよ。俺の髪からいい匂いがしてたらちょっと面白いことになりそう」

「そうだね。同棲疑惑が出て一瞬で噂になるだろうね。あの胡桃沢遙がついに⁉　って」

「その場合の噂の相手は桃ちゃんになるけどいいの？」

よくはないな。

思わず黙り込んでしまった。

「……確かに遙に交際疑惑が生まれたら、速攻で私のところに問い合わせが来るかもしれない」

「でしょう。社内のみんなはそう思ってるから、桃ちゃんも逃げ場がないね。いっそのこと公表しちゃおうか」

「お試し期間なので却下で。あと周りも仕事がやりにくいだろうから、今まで通りにしてね」

部署が違うとはいえ無関係ではない。

それに公認の仲で仕事をするのもやり辛《づら》そう。

「外堀から埋めようと思ったのに残念」

すでに埋められている気がしなくもないんですが。

「じゃあ、そろそろ寝るね……」と、離れようとした瞬間。首筋に柔らかなものが触れた。

「……ッ！」

小さく響いたリップ音も耳に届く。遙が私の首筋にキスをしたらしい。

「は、遙⁉」

「痕はつけてないよ。つけていいならそうしたいところだけど」

「ダメに決まってるでしょ！」

髪をどかして首にキスをするなど、油断も隙も無い。顔だけに留まらず耳まで赤くなりそうだ。

「なんでダメなの？」

遙は私を膝の上に座らせて後ろから抱きしめてきた。ゼロ距離になることなど今まで一度もなかった気がする。戸惑いが強くて視線を彷徨《さまよ》わせた。

「な、なんでと言われたら……私がドキドキするから」

「ふうん？」

あ、返答を間違えたかも。

なにやら楽し気な空気が伝わってくる。

「それならもっとドキドキさせてみたいな。恋人同士の触れ合いなんだから、このくらいは慣れてもらわないと」

遙の唇が顔のいたるところに降ってきた。こめかみ、頬《ほお》と耳がキスの嵐に見舞われる。

「ちょっ、くすぐったい……っ」

触れるだけの感触なのに身体が熱っぽくなってきた。耳を甘噛《あまが》みされた瞬間、変な声が口から零れる。

「ひゃん……っ！」

「ああ、可愛い」

肝心の唇には触れられない。だけど唇以上にいやらしいかもしれない。

「おやすみなさいのキス、ドキドキした？」

スッと親指で下唇をなぞられた。ここにも触れるつもりなのか。

こんな日常の延長線でキスをされたらかわすことなど不可能だ。

「不意打ちのキスは禁止！　ドキドキして寝られなくなったらどうしてくれるの」

「そしたら一晩中夜更かししようか。早起きをしなくていいんだから問題ない」

声も眼差しも甘すぎる。お腹に回った腕が逞しくて、急に遙を異性だと意識した。

筋肉はついていると思っていたけれど、抱きしめられると彼の逞しさが伝わってくる。男の人だとわかっていたのに、今までちゃんとわかっていなかったのだろう。

「ドキドキしているか確かめたいな。……ああ、心音が速いね」

「……ッ！」

左胸に遙の手が触れている。

誰かに胸を触られることなど一度もなくて、心臓がひと際大きく跳ねた。

「遙……なんで急にこんな」

胸の形を確かめるようにそっと触れられる。その手つきはもどかしいほど優しい。

「桃ちゃんは付き合うことの解像度が低いみたいだから、ちゃんと意識させないと。俺は桃ちゃんといやらしいこともたくさんしたい。ただの男だよ？」

「……っ！」

「この可愛い胸にも直に触れたい」

遙は私の髪の毛を指で梳きながら耳元で囁いた。彼の隣にいて安心感を覚えるなんて、のんきな自分に呆《あき》れそうだ。

指先が胸の頂をかすった。

「ン……ッ」

「ああ、可愛い。でもあまり距離を詰めたら怖がらせるかな。だからまだ唇へのキスは我慢してあげる」

唇以外なら遠慮しないと言っているようにしか聞こえない。

これは我慢してくれてありがとうと言うべきなの？

羞恥心を堪えながら遙を睨《にら》む。

彼は「前言撤回」と言い、私の唇に触れるだけのキスをした。

◆　◆　◆

翌朝はのんびり起床し、出かける準備を整えた。昨夜はなかなか寝付けなかったが、私も多少のスキンシップくらいでごたごた言うほど子供ではない。

期間限定のお試し期間とはいえ、遙は私の交際相手なのだ。キスもするし、多分それ以上も想定しておくべきだ。なにせいい大人なのだから。

でもちょっといきなり雄っぽさを出されると心臓が壊れそうになるので、手加減はしてほしい……。するときは前もって一言宣言してくれたら、私も心の準備が整うだろう。

触れるだけのキスでも嫌な気持ちにはならなかった。もっと深いキスになったら、なにか気持ちに変化があるだろうか。

「桃ちゃん、俺の顔になにかついてる？」

無意識に遙を見つめていたらしい。彼はほんのり照れていた。

「……遙はいつもかっこいいね」

「うん？　ありがとう。どうしたの、急に」

戸惑いながら照れる遙の顔を見て、昨晩の不意打ちのキスは流すことにした。

都内に住んでいても、目的がないと銀座に行くことはほとんどない。

「連休だから東京から人が消えているかもって思ったけれど、観光客が多いわね」

あちこちで英語が聞こえてくる。外国人の観光客の多さに圧倒された。

「都内だと銀座、浅草《あさくさ》あたりが特に賑《にぎ》わっていそうだよね」

もう賑わっていない日はやってこないかもしれない。京都は一年中観光シーズンのように、都内も年中人が多い。

有楽町《ゆうらくちょう》駅で降りてから徒歩数分で目的地に到着した。

銀座のど真ん中に聳《そび》え立《た》つビルの最上階に、本日予約しているリストランテがある。

エレベーターで目的のフロアに到着すると、先にお手洗いを案内された。

トイレの扉が分厚くて、ここだけでも重厚感が漂っている。

紙タオルでも十分なのに、洗面台にはブランドロゴ入りの布タオルが用意されていた。

「さすが老舗ブランドのレストラン……」

背筋が伸びるような気持ちで予約していたテーブルに着席した。ふかふかなソファ席は座面がゆったりしていて、遙と隣同士で座れるようになっていた。

目の前は大きな窓で、銀座の大通りを見下ろせる。席同士の間隔も広いため、隣の席を気にせず会話ができそうだ。

ラグジュアリーな空間が非日常で、ついきょろきょろしてしまう。

「まずここの立地がすごいよね。ずっと窓の外を眺めていられるわ」

「外の風景もいいけど俺の顔も忘れないでね」

「急に張り合ってこないで。店員さんに笑われるから」

なんて会話をした後、スタッフがにこやかに今日のメニューを説明した。

ドリンクメニューの豊富さだけでも圧倒されるのに、アフタヌーンティーの呪文料理はどれも想像がつかなくておいしそう。

「ウェルカムドリンク付きのコースでシャンパンもございますが、お持ちしてもよろしいですか？」

ぜひ、とお願いして、まずはシャンパンからいただく。

祝日の昼間からシャンパンなんて考えてもいなかった。この背徳的なおいしさは贅沢の極みではないか。

「どうしよう、遙。私もう大分満足してる」

「早いな。まだなにも食べてないのに」

よく冷えたシャンパンが喉を潤わせた。泡の入ったアルコールって自宅だとなかなか飲まないから特別感がすごい。

ほどなくして、スタイリッシュなステンレスのトレイが運ばれてきた。

よく見る三段プレートではなく、独自のアフタヌーンティー用のトレイを使用しているようだ。

等間隔で上から三段に仕切られており、一番下からセイボリー系のサンドイッチ、コロッケと冷製スープ、中央の二段目に季節の果物のタルトやスコーン、上段にムースとケーキが載せられている。どれも見た目がオシャレすぎる。

「もう目が楽しい。食べる前からおいしいのが伝わってくるね」

「そうだね」

写真を撮る手が止まらない。ついでにメニューも撮っておこう。

「……ちょっと遙？　食べ物じゃなくて私の写真撮ってる？」

「もちろん。今までは遠慮してたけど、彼女の写真を撮れる権利ができて俺はうれしい」

交際したら特典として写真撮影が可能とでも言いたげだ。

不意打ちの撮影よりはいいけれど、堂々と写真を撮られるのもなんだか微妙な気分になる。

「桃ちゃんも遠慮しないで俺の写真を撮ってもいいからね。俺でスマホの容量を埋め尽くしてもらえたらうれしいな」

「ご要望には沿えないかな」

遙の写真がほしくないわけではないけれど、スマホの容量は大事です。

そんなアホな会話をしていたからだろうか。先ほどのスタッフがカメラを手にして戻ってきた。

「写真撮影のサービスもございますが、よろしければいかがですか？　後程プリントアウトした写真をおふたりにお渡しします」

写真のサービスまであるの？　しかも印刷してくれるってすごい。

記念日でもないのにいいのかなと思っていたら、遙が即答で「お願いします」と答えていた。

遙とツーショットを撮ってもらう。彼とは長い付き合いだけど、そういえばふたりだけで写真撮影ははじめてかもしれない。

ほんのり緊張しながら二枚ほど写真を撮ってもらうと、今度はスマホでも撮りましょうか？と提案された。

私が迷うよりも早く、これまた遙が自身のスマホを渡していた。

「ありがとうございます」

撮影したばかりの写真を確認した。どうやら満足な写真が撮れたようだ。

「あとで私にも送って」とお願いし、目の前のご馳走を選ぶ。

「アフタヌーンティーって下段から食べるんだっけ。塩気のあるものから食べたいよね」

「好きなものから食べていいと思うけどね」

甘いものは後がいい。まずはセイボリー系を味わうことにする。

大きさも形も上品なサンドイッチは普段食べなれている味ではない。なにやら素材から違うようだ。

「チーズとハムとパンの全部おいしいんだけど。バターの風味も違うし、素材から洗練されている感じがすごいね」

優雅な時間を堪能する。

プチクロワッサンに挟まれたスモークサーモンとクリームチーズも、中に香辛料が入っていてピリッとした味わいだ。

「紅茶もおいしい。癒《い》やされる……」

「うん、いい茶葉だよね」

何杯でもお代わり自由な紅茶を惜しみなく楽しむ。

最初は定番のダージリンティーにしたけれど、今まで飲んだことがないフレーバーティーにも挑戦したい。

「仕事を忘れてこういう時間を作れることが贅沢すぎるわ。メリハリって大事だね」

「そうだね。次はクルーズディナーにでも行こうか」

メリハリは大事だとは言ったけれど、急にクルーズ船に乗ろうと言われると驚くわ。

「船は沈没したら困るから嫌かな……泳げないので」

「桃ちゃんって結構もしものときを考えながら行動するよね」

当たり前だ。リスクヘッジは大事でしょう。

石橋は叩きまくってから渡らないと安心できない。でも遙みたいなこんなこともあろうかとグッズまでは持ち歩いていないが。

「他に行きたいところや見たいものはないの？」

「なんだろう？　パワースポットとかはちょっと気になるかな。神社仏閣巡りもいいよね。麻衣里と縁結びで有名な神社に行こうって話をしてたんだけど、行く前に麻衣里に彼氏ができたから行けずじまいで」

「時東さん、彼氏いたんだ」

そうなのだ。麻衣里は三歳年下の銀行員と付き合っている。

一体どういう縁で？　と気になって訊いてみれば、友人宅の飲み会で出会ったうちのひとりだと言った。

「麻衣里もあれで警戒心は強い方だから、知り合いの紹介じゃないと交際には発展しないと思うんだよね」

それでいて社内恋愛は否定派だ。会社の規定にあるわけではないけれど、単純に麻衣里はしたくないというだけで。

「もしも誰からの紹介でもなくて、店や街で知り合っただけの男性だったら、信用できる相手だとわかるまでは偽名を使うらしいよ。顔が好みでも警戒心は緩めないって」

「時東さんらしいね」

「本名でＳＮＳはやらなくても検索されるかもしれないからね。まあ、麻衣里は全部のアカウントを非公開にしているから抜け目はないけれど」

ちなみに私も非公開アカウントしか持っていない。信用のおける友人と家族のみ承認している。

「……だから私の名前で検索とかはやめてね？　遥に教えているアカウントしか持ってないからね」

「うん、疑ってないけど。桃ちゃんは他のアカウントを作っても、ちゃんと俺に教えてくれるでしょう?」

その全面的な信頼はなんなのだ。当然招待してくれるものだと思っている自信も同じく。

「遥の愚痴アカウントだったらどうするの?」

「直接俺に言ってほしいかな。直せるところは直すから」

もちろん誰か特定の人を愚痴るためのアカウントなど持っていない。無駄に行動力がある男の前では迂闊《うかつ》な発言はしない方がいい。

次はハイビスカスティーを注文した。すっきりした甘味《あまみ》と酸味が絶妙でおいしい。

しばらく甘いものは食べなくていいかもしれないと思うほどスイーツも充実している。甘すぎなくて上品で、味もすべて違うため飽きることもない。

「遥は食べ終わった後はどこに行きたい? せっかく銀座に来たんだから買い物でもする?」

予定を詰め込みすぎると疲れるので、私はできるだけそのときの気分で決めたい派だ。旅行のときも目的地を二、三個だけ決めておいて、後は状況と気分次第で自由にしたい。

「じゃあ指輪を買いに行こうか」

紅茶を飲みながらサラッと言われたけれど、買い物=指輪という方程式が理解不能だ。

「一体どういう思考回路をしているのかわからないけれど、ちなみになんの指輪? ファッションリング?」

遙は普段、時計以外の装身具は身に着けていない。そんな男が急に指輪を着けだしたら絶対社内が荒れる。ペアリングじゃないかと噂されるだろう。

「交際記念用の指輪がいいな。ペアリングにしよう」

「はい、却下」

付き合いだした記念で指輪を買っていたら、今後の記念日は指輪だらけになりそうだ。総額いくら費やすつもりだ。

「エンゲージリングに取っておきたいんだね。わかった、指輪は諦めよう」

「マジで冗談か本気かがわからないからツッコミのしようがないんだけど？」

「俺の発言は全部本気だよ」

「それもそれで質が悪いからね？」

遙の発言を真に受けていたら神経がもたない。

エンゲージリングに同意した瞬間、懐から婚姻届を出してきても驚かないと思う。すでにプロポーズされた後なのだ。

正直、彼が本気で私のことを好きなのかはわからないけれど、今はまだお試し期間。交際したからと言って急激に展開を早められたら息切れしてしまう。

「で、桃ちゃんは見たいところはないの？」

「私は特に。服でも見てみる？」

「ああ、いいね。俺が全身コーデしてあげる」

それは結構ありがたいかも。

私は店頭に飾られているマネキンのコーデをそのまま真似ることが多いくらい、自分のセンスに自信はない。

いつも通りの会話をしていたら、会計時にスタッフから写真を渡された。ご丁寧にお店のロゴ入りのカードに印刷した写真が収められている。

「ありがとうございます。すごい、綺麗に映ってるね。このまま飾れそう」

「うん、この写真はフォトフレームに入れて、スマホで撮ってもらったツーショット写真はアクスタにしよう」

「なんて？」

スタッフさんも笑顔で固まっている。

見た目は完璧なイケメンなのに、中身が変人で気持ち悪いことがお店の人に知れ渡ってしまった。

「すみません、お会計はカードで」と財布からクレジットカードを出そうとすると、遙がスッと自分のカードを渡した。

「ふたり分まとめて支払いをお願いします」

「かしこまりました」

遙に自分の代金を渡そうとするが、受け取りを拒否された。

「俺が予約したんだから気にしなくていいんだよ」

「さすがに数千円もするアフタヌーンティーをご馳走になるのは心苦しいから受け取って。というか、そもそも私が行ってみたいって言ったから連れてきてくれたんでしょう？」

食事のたびにこのやり取りはいい加減やめようか。

「推しに課金しているのと同じだと思ってくれていいのに、桃ちゃんは律儀だよね」

ものすごく渋々現金を受け取ってもらったけれど、恋人と推しを混同するのはいかがなものか。というか私は推されていたのか。

「遙が推し活をはじめたら湯水のようにお金を使いそうで怖いわ。理性のブレーキをちゃんとかけてね」

「推し活は実質ゼロ円だよ。心の栄養になっているんだから」

怖い。アイドルとかにハマっていなくてよかった……。

この男を野放しにしたら一体どうなってしまうのだろう。

社内だけでも注目度が高くて、女性社員の目が常に光っているのに。恋人募集中なんて公言したら一瞬で女性が群がるし、遙の残念な一面に幻滅して速攻で破局しそうだ。

店を出て、銀座の交差点で信号待ちをしているだけでも視線がすごい。

その他大勢に紛れたい気持ちで遙から離れようとするが、「迷子になるよ」と手を繋がれた。

「あの、どこで誰が見ているかわからない場所で手を繋ぐのはやめた方が」

「なんで。恋人なら当然なのに？」

「会社の人が見ていたらどうするの。というか、遙はもう少し自分が目立つことを自覚した方がいいと思う」

シンプルなファッションなのに洗練されて見えるのは彼自身という素材がいいからだ。一八〇を超える長身と、スタイルと顔の良さに注目するなと言う方が無理な話である。

「そうだ。サングラスと帽子を買いにいこう。私もサングラス買うから」

お手頃価格の量販店があったはずだ。なんでも揃っている庶民の味方のお店。私はレトルトカレーでお世話になっている。

「桃ちゃんとお揃いのサングラスならいいよ」

もうお揃いでもなんでもいいです。顔を隠せるならそれで。

私と人ごみの中に出かけるときはサングラスと帽子を着用してもらおう。

無駄にキラキラした王子様スマイルも封印するようにお願いすると、遙は微妙な顔で首を傾げた。

第三章

あっという間に長期連休も終わりを迎えた。

ゴールデンウィークの最終日に自宅へ帰ろうとするが、なかなかマンションに帰してくれない。

「もう一緒にうちに住もう？　マンションの更新もあるんだからちょうどいいでしょう？」

「なんでそれを知ってるの。というか更新まで時間はあるんだし、自分の家に帰るよ」

「それなら俺が桃ちゃんの部屋に泊まろうかな」

「無理です、ごめんなさい」

「急に丁寧語での拒絶はさすがに俺も傷つくんだけど」

本気の拒絶だと思ったのだろう。遙の眉がしゅんと下がっている。

「ごめんって。でもうちは遙の家と違って普通に１Ｋで、ベッドもシングルで床に寝かせるなんてできないから」

連休中は最後まで寝室は別だった。

遙から毎晩のように「一緒に寝る？」と誘われたが、同じベッドで眠るのがそのままの意味で捉えられるほど私も子供ではない。なにせ隙あらばキスをしてくる男である。

そのたびに「まだ無理！」と断り続けて、連休最終日になった。私の意思を尊重してくれるのはありがたいが、寝る前にはしばらくハグをされるのが日課になっていた。

他にもおはようとおやすみのキスをされる。彼はどこの外国人なのだろう。頬や額に触れるだけのキスがほとんどだけど、私の単純な心臓はそのたびにドキッと跳ねた。

この数日で随分スキンシップには慣れたと思う。今だって抱きしめられながら説得をされている。

「はあ……わかった。寝袋持って行くって言っても拒否されるだろうから、ここは引き下がるよ」

頭のてっぺんに頬をぐりぐり押し当てられた。力が強くてなかなか放してくれそうにない。

「寝袋なんて持ってるの驚きなんだけど、ありがとう」

「でも俺も我慢するだけなのは嫌だから、条件をつけようかな。平日はそれぞれの家に帰るとしても、金、土、日はうちに泊まってほしい」

「え……日曜日は除外でもよくない？　翌日仕事だよ？」

「うちから行けばいいよね」

確かに遙の自宅からの方がオフィスに近い。が、一緒に出勤は変な噂が立ちそうだ。

まあ、時間差で出勤することにしたら問題ないだろう。

「それが嫌なら平日は桃ちゃんの家に俺が寝袋で泊まるけど」

「三日間お邪魔します」

ここが妥協点だろう。あまり無理を言ったら本気で家に帰れなくなるかもしれない。

「ねえ、桃ちゃん。お願いがあるんだけど」

「なに？」

「俺にキスして？」

「ふえっ⁉」

じっと見下ろされる。視線だけで圧が強い。

「俺とのキスは嫌だった？」

「嫌じゃないよ、全然！　……あ」

私の本音を聞けて、遙はうれしそうに笑う。

そう、嫌ではないのだ。

触れ合うキスしかしてないけれど、遙に抱きしめられることもスキンシップをされることも。

これがドキドキに慣れるというやつかと思いながら、遙の熱に少しずつ慣れていく。

「……じゃあ屈んで？」

大人しく屈んでくれた遙の唇にそっと吸い付いた。しっとりした柔らかな感触を味わうと、形容しがたい恥ずかしさがこみ上げる。

「あの、今はこれが精いっぱいなので……」

「うん、わかってる。でも前進したよね」

無性に気恥ずかしいのは私だけみたいだ。確かに確実に距離は縮まっている。

「じゃあこれが合鍵。今度は受け取ってくれるよね？」

一体何度目になるのかわからないが、渋々遙から合鍵を受け取った。絶対になくさないようにしよう。

「平日は何時くらいに起きてるの？」

「七時過ぎかな？　一応アラームは七時十分にセットしてる」

「わかった。じゃあこれからは毎朝俺がモーニングコールをかけるよ」

「ええ……それは負担だと思うから遠慮しておく」

確か遙は六時には起きていると言っていた。でも朝の忙しい時間にタスクをひとつ追加するのは面倒だろう。

「負担じゃないから。むしろ俺が桃ちゃんの寝起きの声が聞きたいし、桃ちゃんの朝は俺の『おはよう』からはじまると思うと興奮する」

「……」

聞かなかったことにしていい？

遙はつくづく喋らせたら残念なイケメンで、絶妙にキモいということを実感した。

◆　◆　◆

連休明けの仕事は当然のように忙しい。メールボックスの件数を確認するだけでげんなりする。

急ぎの案件からメールを返信し、お昼休憩までにようやく一通り目を通せた。幸い問題になりそうなメールは届いていなかったため、連休明けに地獄を見ることは回避できた。

ポロン、と社内で使っているチャットアプリの通知が届く。麻衣里からランチのお誘いだった。

タイミングもよかったのでエレベーターホールで待ち合わせてから、オフィスの近くにあるタイ料理店に入る。

「連休はどうだった？　断捨離進んだ？」

そうだった、報告が忘れていた。

ランチを注文後、私は麻衣里に遙と交際をはじめたことを明かすことにした。

「非常に言いにくいんだけど……、ここだけの話」

「なに？　もったいぶって。王子と一線越えた？」

いきなり報告以上の想像を持ってこないでほしい。

付き合いはじめたっていうのがささやかなものに聞こえる。

「違う、そうじゃなくって。三か月限定でお試しのお付き合いをすることに……」

「へえ？　なんで期間限定なの？　桃がビビったから？」

言ってしまえばその通りである。恋愛感情なんてないと思っていただけに、正直まだ距離感が掴めていない。

「それで連休中は遙の家に泊まってて」

「ほほう？　楽しくなってきたわね」

「いや、あんたが考えているようなことは一切ないからね？　本当に、普通に過ごしていただけだから」

スキンシップは増えたけれど、一線は越えていない。

寝室は別々で、朝起きると遙が朝ごはんを作ってくれていたことや、お風呂上りには遙が髪を乾かしてくれるのが日課になっていたことを明かした。

段々麻衣里の視線が微妙になるのが怖い。

「なんかもっと甘い話が聞けるかと思いきや、結局王子の献身的な甲斐甲斐しさを発揮しただけか。通常運転じゃない」

お待たせしました、と注文していた料理が届いた。ガパオライスとグリーンカレーのセットがふたつテーブルに並んだ。

「でも少しは気持ちに変化が起きたんじゃないの？　デートに行ったりしたんでしょう？」

「うん。銀座でアフタヌーンティーを予約してくれたり、プラネタリウムに行ったり」

「なんだ、デートらしいところも行ってるじゃん」

天気が悪い日は家でゴロゴロ過ごして、夜はお酒を飲みながら映画三昧《ざんまい》。いつになくリラックスができた時間だった。

「遙の家でタコスパーティーをやったんだけど」

「タコ焼きじゃなくてタコス？　あんたが作ったんじゃないわよね。胡桃沢君が準備したんでしょう」

その通り。私はトルティーヤを軽くフライパンで焼いただけです。

「発想力がすごいなって。私が思いつかないことも提案してくれるし、押し付けがましくないんだよ。なんというか、胡桃沢邸はめちゃくちゃ居心地がよかった」

実家以上に安らげる空間というのも珍しいだろう。

まあ、実家には三日以上いるとお客様扱いされなくなって居心地が悪くなるというのもあるけれど。

「で、他には？　なんかもっと恋人らしい話はないの？」

「……ちょっとしたスキンシップに慣れたとか」

「小学生みたいな報告しかないのね」

数日間泊まっておきながら一線を越えていないなんて、確かに信じられないだろう。私の覚悟が固まっていないのが原因で、遙に我慢させているのはわかっている。

「そういえばレストランでお店の人が写真を撮ってくれたんだけど、それを見た遙がアクスタにしようとかって言ってたような」

「は？　なんて？」

私と同じリアクションだ。最近では個人でアクリルスタンドを作ることができるらしい。

「なるほど、アクスタを注文できるサイトがあるんだね。推し活とか全然しないから知らなかったわ。……つまり桃は胡桃沢君の推しに認定されてるってこと？」

「わからない……認めたくはないけれど」

恋人のアクリルスタンドを作る男だったとは。さすがに遙を知る人たちも、そこまでエキセントリックだとは思わないだろう。

「一応その場で拒否したけれど、こっそり作ってたらどうしよう？」

「まだホラーの季節には二か月ほど早いんだけど、彼氏の家に自分のアクスタが飾られていたらどう反応しようかな……」

麻衣里は七月になってから聞きたかったと言いたげだが、令和のホラーにしてはインパクトが弱いと思う。

「普通に写真を飾られるくらいならまともかもね」

遙が撮っていた写真は確認していないけれど、私の隠し撮りとかないよね？

スマホのアルバムを見せてと言うのは恋人としてアリなのかナシなのか……ちょっと躊躇《ためら》う気持ちの方が強い。

「まあ、でも世の中にはいると思うよ。恋人が推しというカップルなんて最高のカップリングじゃない。アイドルとか芸能人でも聞くし、珍しくはないよ」

「推しと結婚しましたってやつ？　いや、それは理解できるけど、私は普通の一般人だからね。推されるような特技も魅力もないので」

だから本当に謎なのだ。あの男がどうしてこれほど私を特別扱いするのか。

一体どこでどんなスイッチを押してしまったのだろう。まったく心当たりがない。

「それは本人に訊くしかないよね。なにか刺さるポイントがあるんだと思うよ。でも私も男だったら桃と付き合いたいって思うかも」

「ほんと？　うれしいけどなんで？」

「自分では気づいてないと思うけどさ、桃は心が広いんだよ。キャパに余裕があるというか、なんでも受け入れてくれそうなところがあるというか。逆にドン引きすることでも受け流してくれるでしょう。それにあの王子相手にキャーキャー騒いだことあった？」

「え……？　あったっけ？」

初対面のときは顔よりも名前に惹《ひ》かれたのを覚えている。

「遙の名前の字面と響きが私と似てるから、共通点あるねって言ったのは覚えてるんだけど。もちろん綺麗な顔をしてるとは思ったよ」

「普通だったのが逆に新鮮に思えたのかもね。あのくらいビジュアルがいいと、なにをしてても注目の的で疲れそう。でも桃と一緒にいるときの胡桃沢君って疲れているようには見えないから、落ち着くんだと思うな」

そんな空気感を気に入っているのではないかと言われた。

「一緒にいて疲れないっていうのはわかるかな。私も遙といても疲れないし、遠慮はいらないからずけずけものを言えるもの。その辺はお互い様かもしれない」

一日目から遠慮なく遙の家でゴロゴロしていた。居心地のいい空間は大事にしたい。

「だからあんたたちは初々《ういうい》しさを通り越して、空気感が熟年の夫婦なのよ」

今さら付き合いだしたと言われても大抵の人は驚くと予言された。知らない間に阿吽《あうん》の呼吸というものが滲《にじ》み出《で》ているらしい。

「ありがとう、麻衣里。なんか私のいいところを教えてもらえて元気が出たわ」

仲のいい友人から長所を教えてもらうことなど滅多にない。

「それはよかった。でもまあ、いくら相手が変人王子だとしても、やってもらうことが当たり前な関係は続かないから。そこんところは気を付けた方がいいと思うわよ」

「本当にそうだよね」

ふと気づく。私は遙になにを返せているんだろう。

家事の分担はしていたけれど、お掃除ロボットが各階にいたし皿洗いは食洗機を使用していた。

洗濯は乾燥まで終わってて、食事の準備も手伝い程度にしかやっていない。

遙は私の世話を焼くのが楽しいとでも言いたげにあれこれやりたがったので、髪を乾かしてもらったり服のコーデを選んでもらったけれど。私は貰ってばかりで、彼に半分も返せていないのではないか。

「……これまた今さらなんだけど、遙はＧｉｖｅｒ精神が強すぎじゃないかな？　私っていわゆるＴａｋｅｒだった？」

「胡桃沢君の与えたがりは呆れるほど強いかな。傍から見たら桃はおんぶにだっこで甘えていると思われても否定はできないかも。とはいえ、当人同士にしかわからないことも多いから、周囲はなにも言わないけど」

思いがけないことに気づいてしまった。

恋人になるからには対等な関係であるべきだと思っていたのに、よくよく考えると私が彼に寄りかかっているだけである。

「今までの関係が長すぎて、付き合いはじめても特にあまり変わらないって思っていたけれど、そんなはずはないよね」

「付き合うことの定義をきちんと話してみたら？　彼は桃のペースに合わせてるだけでしょう」

もしも徹底的に価値観が違うことがわかったら、早めに友達に戻った方がいいのではないか。キスはしているけれど、身体の関係にまでなっていないなら後戻りはできる。

「わかった。あと他の奇行をしていないかも確認しておこうと思う」

「頑張れ」

あまり気持ちが込められていないエールを貫い、午後の業務に戻った。


好きという感情がわからないほど子供ではないけれど、自信を持って恋愛感情だと言えるほど強い気持ちを感じたことはない。

私は情が薄い人間なのだろうか……と考えながら歩いていたからか、気づくと遙の家の最寄り駅で降りていた。

「あ、間違えた」

私のマンションは数駅先なのに、十日ほど滞在していた影響だ。駅に戻って帰宅しようと思いつつ、心の奥にすっきりしないものを感じる。

「……よし、遙の家で夕飯作ろう」

まさかこんなに早く合鍵を使うことになろうとは思わなかった。衣類はまだ遙の家に残したものもあるので、一晩泊まっても問題はない。

忙しい胡桃沢課長は帰宅も遅いはずだ。私は三十分程度の残業で帰宅できるけれど、彼は何時頃になるだろう。

近くのスーパーで手早く買い物を済ませて遙の家に向かった。思った通り電気はついていない。

【遙の家に来たよ。ご飯作っておくね】

メッセージを送信したら一瞬で既読がついた。

「早いわね」

残業中じゃないのか。もしかしたら帰宅途中かもしれない。

【あと三十分くらいで帰るから絶対帰らないで】

なにやら文面から気迫のようなものを感じる。

【今夜は泊まっていく。一泊お邪魔します】

スマホをキッチンのカウンターに置いて野菜を洗っている間、ポンポンポン、と通知が届いていた。めちゃくちゃスタンプが送られてくる。

「まあ、悪い気はしないよね……」

ちょっと笑ってしまうくらい、遙の性格は突き抜けている。

遙とは付き合う前から一緒に過ごすのが当たり前のような関係になっていた。仲のいい同期で、友達以上で恋人未満。

お試しとはいえ遙と付き合いはじめてから、私はきちんと遙を男の人だと意識していると思っている。

彼は私を害することはないけれど、いつまでも友達のポジションで甘んじるわけでもないのだということを理解していた。

私ももちろん遙が好きだ。でも明確に恋情と言えるような気持ちなのかはわからない。

もしもこの交際がうまくいかずに別れることになったら、いつか別の女性が現れて彼を支えるのだろう。その女性を甘やかす遙を想像すると、なんだか非常に面白くない。

「……あれ？　ちょっとムカムカしてきた。これが独占欲なの？」

世の中に当たり前と呼べるものはないと思っているけれど、なんとなく遙との縁は一生物だと思っていた。腐れ縁のように続いていくし、なんなら遙が三年も海外に赴任していても頻繁に連絡を取り合っていた。

それがパタリと途絶えてしまうのは嫌だ。

そういう風に思う時点で、私の感情は恋と呼べるのかもしれない。

「……ダメだ、頭がぐるぐるしちゃってわからない。もう遙に訊こう」

恋愛と親愛の違いはなにか。

仲のいい同僚から恋人になった今はどんな感情を向けたらいいのだろう。

麻婆茄子《マーボなす》とお味噌汁《みそしる》を作り、サラダも準備する。私にしてはちゃんとした食事になった。

「遙はこの量で足りるかな？」

冷ややっこに食べるラー油をかけてもいいかもしれない。もっとボリュームが必要であれば冷凍餃子《ギョーザ》を焼こう。

ご飯が炊けた直後、玄関のインターホンが鳴った。

恐る恐るモニターを確認すると遙が映っている。

「はーい、どうしたの？　鍵ないの？」

『急に鍵を開けたら桃ちゃんがびっくりするかなと思って』

ここは遙の自宅なのにそこまで気を回すのか。

彼らしい気遣いに驚くやら感心するやら。オートロックを解除して、玄関扉を開けて待つ。

「お帰り、遙」

「た、だいま……」

内側から玄関扉が開くとは思わなかったのだろう。虚を突かれたように驚く顔がなんだか珍しくて可愛らしい。

遙は玄関に入って施錠をすると、靴を履いたままその場にしゃがみ込んだ。

「どうしたの？　具合悪い？」

「違う、幸せを噛《か》みしめているだけ」

一緒になってしゃがみ込む。時折わけのわからないことを言う男だけど、なんだかいつも以上に様子がおかしい。

迷子になった子供と重なって見えるのは気のせいだろうか。

普段は背が高くて届かない遙の頭にそっと触れる。

「あ、思っていたより柔らかいね」

「……なにしてるの」

「お疲れの様子の胡桃沢君の頭を撫でていますね。いつもは逆だから、なんか不思議な感じ」

丸い後頭部に触れる。美形は頭の形までいいようだ。

ほんのり遙の耳が赤く色づいてきた。スーツのましゃがみ込んでいたら皺になるかもしれない。

「ねえ、桃ちゃん。お願いがあるんだけど」

頭に触れていた手を握られた。至近距離から見つめられる。

僅《わず》かに熱を孕《はら》んだかのような視線の強さにドキッと心臓が高鳴った。

「なに？」

「抱きしめてもいい？」

ギュッと手に力が込められた。指を絡められて、恋人繋ぎにされる。

「いつもは了承なんか得ずに抱きしめるのに？」

でも許可を得ようとするのも遙らしい。「もちろんいいよ」と答える。

「ありがとう」

床に膝をついた状態で抱きしめられた。ここはまだ玄関で、遙は靴も脱いでいない。

彼の香りと腕の力強さを直に感じて、私も一日ぶりのハグを堪能した。

この匂いが好きだ。包まれている温《ぬく》もりも、全部にホッとする。

「ハグってストレス解消にいいみたいだね。遙、いろいろ我慢させてごめんね」

自然と口が動いていた。

遙は縋《すが》るように私を抱きしめる。仕事の疲れとストレス以上に、いろんな我慢を抱えているのかもしれない。

「俺の我慢なんていいんだ。君が俺の家にいてくれるだけで幸せだから」

これ以上のものを望んではダメだとでも言っているように聞こえた。それが我慢というものではないのか。

彼は私より二歳年上で、いつも痒いところに手が届く男で、先回りをするのがうまいけれど。時々精神的な脆《もろ》さを秘めているように感じる。

案外寂《さみ》しがり屋なところがあるのを本人は自覚しているだろうか。

「私は遙と対等でいたいし、そうなりたいと思ってる」

「うん」

「だから遥が思っていることはなんでも言ってほしい。私は図太いから、すぐあれが食べたいとか言うでしょう？　同じように遥も自分の欲望を口にしてほしい」

「……うれしいけど、多分桃ちゃんは逃げると思う」

一体どんな欲望を抱いているんだろう。私が逃げ出すようなことを考えているのはちょっと怖い。

「今さら遥に引かないよ」

ハグならいつでもしてあげると告げると、ようやく腕の力が解かれた。

「桃ちゃんは優しすぎる。だから俺みたいな男がつけこむんだよ」

「なんで私が怒られてるの。というか、ほら立って！　スーツに皺がついちゃうでしょう。ご飯も炊けたし、手を洗って着替えてきて」

「すごい。なんだか新妻みたいじゃない？　俺たち実は新婚夫婦だった？」

「通常運転で安心したわ」

遥の背中を押して着替えを促す。二階に上がったのを確認してからキッチンに向かった。

「時間差でドキドキとか……」

顔がじんわり熱くなってきた。ハグを解かれて寂しいと思っているのは私の方だ。

フライパンを火にかけて、お味噌汁と麻婆茄子を温め直す。

連休明けの忙しさで疲労が溜まっているのだろうけど、遙の不安定なところを垣間《かいま》見て少し心配になった。

「本当に、夕飯作ってくれたの？　仕事終わりで忙しいのに」

「通勤時間が短縮されたから、いつもの平日よりは時間があったの。麻婆茄子丼にしてもいいと思うけど、遙はどのくらい食べられる？　温泉卵もつける？」

「ありがとう。自分でよそうよ」

トレイに丼と味噌汁、サラダ、冷ややっこを並べる。仕事終わりに作ったものにしては上出来だろう。

「遙ほど料理上手ではないけれど、口に合わなかったら味変してね」

一応レシピを見ながら作ったが、私はすぐ目分量に頼ってしまう。味見はしたので、後は好みの問題だ。

「口に合わないなんてことは絶対ないから大丈夫。たとえ白米だけでも桃ちゃんが炊いたのだと思うといくらでもいけそう」

「それはもう病気だわ」

幸い味付けは合格だったようで、彼は満足そうに食してくれた。「このお味噌汁も毎日飲みたい」とお世辞を言ってくれる。

「桃ちゃんの手料理が俺の血となり肉となる喜びを一口ずつ噛みしめないと」

「重いって」

「でも俺は同じことを思いながら君に食べさせているからね」

「さすがに引くかもしれない」

できれば三食全部任されたいと言われたが、首を左右に振ってお断りした。多忙の身で毎食料理なんて負担すぎる。

「足りなかったら冷凍餃子もあるから言ってね」

「十分だから大丈夫。ありがとう」

遙は綺麗に完食した。後片付けは遙に任せて、私は食後のお茶を淹れる。

時刻はまだ八時半を過ぎた頃。

帰ろうと思えば余裕で帰れるけれど、今夜も泊まると宣言したし……なんて思っていたからだろうか。遙がマグカップを置いた私の手を握りしめた。

「帰らないよね？」

「っ！」

毎度勘が鋭い。それとも私がわかりやすいのかな。

「遙はどうしてほしい？」

質問を質問で返す。遙の眉間《みけん》に皺が刻まれた。

「ズルいな、桃ちゃんは。俺がどうしたいかなんてわかりきっているくせに」

椅子から立ち上がった遙に抱きしめられた。正面からギュッとされると、彼の胸板に顔を押し付けられる。

「ちょっ、遙……」

「帰らないで。俺と一緒にいて。それで今夜は一緒に寝てほしい」

「……っ！」

思っていることは言っていいとは言ったけれど、直球でぶつけられると心臓が大きく跳ねた。

これまでは私に一緒に寝るかと誘っただけで、遙が懇願したのははじめてだ。

いつもならそんな軽口も聞き流せるのに、今はできそうにない。

抱きしめられているのは私なのに、今日は変だ。

さっきから遙に縋られている気持ちになる。

「……いいよ。一緒に寝よう」

ピクッと彼の身体が反応した。

「でも私、寝相悪いし寝言も言うからね」

「うん、大丈夫」

「寝不足で大変な目に遭うのは遙の方だよ。それでも問題ないなら……」

「まったく問題ない。桃ちゃんの寝息を感じながら眠りたい」

それは私の方が問題なくはないんだけど。就寝中の呼吸を感じるってどういう作用があるんだろう。

ただ眠るだけでも満足だと言質を取ったので、私は遙の願いを受け入れた。

だけど彼に対して性的な欲求を感じているかと言うと、正直よくわからない。ハグとキスだけで満足なのはおかしいだろうか。

「あのさ、遙は私のことが好きなんだよね？」

「なにを言い出すのかと思えば、もちろん好きだよ。じゃなきゃ合鍵を渡してまで傍にいてほしいとか冗談でも言わない」

「この際確認しておきたいんだけど、遙の好きって感情はどの程度のものなの？」

ちゃんとした本音を知っておきたい。

「……感情を言語化するのって難しいな。でも前から言っている通り、俺はずっと桃ちゃんの傍にいて世話を焼きたいし甘えられたいし甘やかしたいって思ってるよ。それで一緒のお墓に入れたら幸せだなって」

「えらい先の未来予想図まで持ち出されてびっくりだよ」

古風なプロポーズみたいだ。同じ墓に入ろうと言われるとは思ってもいなかった。

「私も遙のことは好きだけど、多分好きのレベルが違うと思う。ハグとキスで満たされているから」

「いいよ、それで」

「よくはないでしょう。やっぱり付き合うなら誠実で対等な関係を築くべきだと思う。それでね、とりあえずキスしていい？」

抱きしめられたまま見上げる。遙の目が丸く見開かれた。

「……は？　今なんて」

「触れるだけじゃないキスがしてみたい。あ、ちゃんと歯を磨いてからね。ちなみに虫歯も歯周病もないことはこの間の歯の検診で確認済みだから」

先月歯医者に行ったばかりだ。さすがに一か月で虫歯はできていないと思いたい。

「ちょ、ちょっと待って。予想外のご褒美すぎて言葉が出てこない。心臓が止まりそう」

頬がほんのり赤い。狼狽《うろた》える姿が珍しくてずっと眺めていられる。

「そっか、心臓が止まるのは困るから心の準備ができてからにしよう」

濃厚なキスは延期で、と告げて遙から離れようとすると、がしっと両肩を掴まれた。

「なんで離れようとするの。もう準備万端《ばんたん》だから。本当いつでも大丈夫だから」

「いや、必死すぎるって」

「俺を必死にさせてるのは桃ちゃんだよ。その自覚ある？　小悪魔すぎるのも大概にしてほしい」

小悪魔なんて言われたのははじめてなんですが。

なにやらぶつぶつ呟いている遙に落ち着くように声をかけてから、「歯を磨いてくるね」と告げて洗面台に向かおうとした。

「俺とキスをするために磨いてくれるの？」

「エチケットなのかなって……」

「どうしよう、感動する」

私から言っておいてなんだけど、やっぱり撤回した方がいいかもしれない。感動に浸る男が異様すぎてちょっと引きそう。

とりあえず食後の口臭ケアは大事なので丁寧にフロスをして歯を磨く。

「……なんだかリビングに戻り辛いな」

濃厚なキスって、わざわざ宣言することではなかったかもしれない。

「遥、先にシャワー使わせてもらうね」

階下にいる遥に告げる。

時間差でなにかを盛大に落とした音が聞こえたけれど、気にせず浴室に籠もった。もちろん施錠も忘れない。

いつも通りにシャワーを浴びてパジャマに着替えた。洗面室に着替えを置いているので、なにも持たずにサクッと浴びられるのがありがたい。

二十分ほどで浴室の扉を開けると、微笑みながら待ち構えていた遥が立っていた。

「わっ！　びっくりした」

というか少し怖い。一体いつからそこに立っていたのだ。

「びっくりしたのは俺の方だよ。このまま逃げられたらたまらない。おいで、髪乾かしてあげる」

手を引かれたままリビングに連れて行かれた。

いつもの定位置で髪を乾かされるが、時折首筋に遙の指で触れられると胸の鼓動が速くなった。私の方が変に意識しているのかもしれない。

「はい、おしまい」

「いつもありがとう」

「で？　キスは？」

ソファに座って脚を組んだ姿が尊大に見える。そんな姿も様になる男だ。

「桃ちゃんが奪ってくれるんでしょう？　俺の唇。早くしてほしいんだけど」

脳がちょっと前の出来事をプレイバックする。あの狼狽え具合はどこへ消えたんだ。

「あまり期待されても困るんだけど……考えなしに言ってしまったなって反省してるので」

「うん」

「触れるだけじゃないキスだなんてはじめてだから、初心者だと思ってもらえたらと」

「でもファーストキスは俺じゃないよね。いつどこで誰とだった？」

細かい。まさかそんな追及を受けるとは思わなかった。

「いや、一応一瞬だけ大学時代に彼氏がいたことがあるって話したでしょう？　すごい昔に」

「そうだね。桃ちゃんを振るなんて見る目のない男だけど、手を出さずにいたことだけは評価していた。でもその男に唇を奪われたんだ？」

口元は微笑んでいるのに目が笑っていない。

なんだか仕事のミスを追及されている部下の気分になってきた。私、この男の下で働いていなくてよかったわ……と安堵しそう。

「……肉体関係はないけど、触れるだけのキスね？　濃厚なのはしてません」

お互いはじめての恋人同士だったので甘酸っぱい思い出でもある。その後浮気されたけど。

「とにかく、過去は過去！　今は遙以外の男性は考えられないから」

こんな面倒くさい男だけで手いっぱいだ。元カレの顔も朧気《おぼろげ》にしか覚えていない。

「ごめんね、嫉妬しちゃった」

遙は圧を消すと、私に両腕を差し出した。ソファに座る彼に抱き着いてこいという合図だろうか。

「俺の心の準備は万端だから、いつでもどうぞ」

目を瞑った遙をまじまじと眺める。

まつ毛長いし肌の肌理《きめ》も細かいし、改めて欠点が見当たらない。

ソファの背もたれに手をついて、緩やかな弧を描く唇に自分の唇を重ねた。触れ合うだけのキスを三秒数えて、薄っすら開いた遙の唇をそっと舌でなぞった。

「……ッ」

彼の身体が僅かに震えた。そのまま浅く舌を挿入し、遙の舌先をちろりと舐める。

「ご、ごちそうさまでした！」

これ以上はダメだと判断して顔を離したと同時に、遙の瞼が開いた。

「ちょっと待った。今ので終わりじゃないよね？」

「終わりです」

「嘘でしょう？　本当に？　焦《じ》らされただけなんだけど」

愕然《がくぜん》とした顔には薄っすら怒りが交じっているような……焦らしたわりには大したことのない接触で、期待値を上げすぎたのかもしれない。

「一応舌を入れてみたじゃない！」

「あんなの入れたうちに入らないから」

笑いながら怒るなんて怖いのですが。

遙の膝の上から退こうとする。なんだかゴリッとしたものが当たった。

「……遙さん？」

「悔しい。勃《た》った。責任取って」

単語しか話さなくなってしまった。濃厚とは言いがたいキスでも身体の一部は反応したらしい。

「責任って……あ、手でお手伝いしたらいい？」

「まさかしたことがあるの？　元カレに」

「プラトニックな関係だったって言ったでしょう」

単純に知識として知ってるだけだと告げると、遙は葛藤するように息を吐いた。

「わかった。俺はもう我慢しない。キスしながら抜いてくれるんだね」

「え？　あ……ンッ！」

遙の膝を跨《また》ぐように座り、正面からキスをされた。最初から容赦なく遙の舌が私の口内に侵入する。

逃げる舌を容赦なく捕まえられた。肉厚な舌が絡み合い、生々しい感触に背筋が粟立《あわだ》ちそうだ。

「ふ、ア……ッ」

私がただ少し舐めただけとはまるで違う。歯列を割られて上顎を舐められて、唾液が零れないように飲み込んだ。がっつり貪られるというのはこういうことを言うらしい。

下腹の奥がムズムズする。後頭部を押さえられているため、濃厚なキスから逃れられない。

「桃ちゃん……」

名前を呼ばれた瞬間、閉じていた瞼を薄く開けた。

凄絶な色香を放つ遙の眼差しを直視する。目を開けたことを後悔した。

こんな目で見つめられていたなんて知らなかった。心臓が大きく鼓動する。視線の強さが熱くて、隠しきれない情欲に身体の奥が燻《くすぶ》りそう。

「……ッ！」

遙に握られた手が熱い楔に導かれた。私がキスでいっぱいになっている間に、遙は欲望の象徴を取り出していたらしい。

「……っ、見なくていいから、握って？　このまま上下に……そう」

キスの合間に指示を出された。私の手に遙の手が重ねられて、拙い動きをカバーされる。手のひらから伝わる屹立《きつりつ》が熱くて火傷《やけど》しそうだ。ツルツルしているのにでこぼこもしている。硬くて大きなそれが遙のものだと思うと、どうしようもないほど心臓が激しくてうるさくなった。

「はる、か……」

自然と目が潤みだす。とろんとした眼差しを彼に向けると、遙はグッと息を吞んだ。

「桃ちゃん……ッ」

手の中がどろりとした液体塗れになり、独特な臭いを感じた。鈍くなった思考で、これは遙の精液だと理解する。

「見ないで、目を閉じてじっとしてて」

私への配慮だろう。遙は私をソファに下ろすと、手早くティッシュを掴んだようだ。私の手の中の残骸をティッシュで拭った後、濡《ぬ》れたタオルでもふき取られた。

一通り処理を済ますと、遥はふう、と長く息を吐いた。もしやこれは賢者タイムというやつか。

「ごめんね……シャワー浴びてくる」

「あ、うん……ごゆっくり」

気怠《けだる》そうに二階に上がる後ろ姿を見送った。胸の奥がドキドキしたままだ。濃厚なキスも手の中で脈打つ欲望の感触も、生々しく残っている。

「すごいことをしたかもしれない……」

嫌悪感は一切ない。キスをしても遥が吐き出したものに触れても、嫌な気分にはなっていない。

つまり私はもっと遥との距離を縮めたかったのではないか。恋愛感情かどうかわからないなんて言っておきながら、遥のことは特別だと思っていた。

冷めたお茶を飲み干したが、冷静になれそうにない。この後どうやって遥と対面しよう。

「平日は飲まないようにしているんだけど……一本くらいならいいか」

冷蔵庫からビールを取り出して、遥が戻ってくるのを待つことにした。

◆　◆　◆

——やってしまった。

遙はシャワーを浴びて頭を冷やしていた。

我慢ができずに心春の唇を貪り、あまつさえ彼女の手を穢してしまった。でもあれを最初に仕掛けてきたのは心春の方だ。自分も悪いが、彼女にも非はあるだろう。

「嫌われてないといいけれど……いや、そこまでは考えすぎか」

わがままを言ってもいいと許したのは心春の方だ。遙はいつもの我慢を少し緩めたに過ぎない。

だが心春に避けられたらどうしようか。逃げられたら反射的に距離を縮めてしまうかもしれない。

「もう一回謝るか……いや、謝ったら逆効果かな」

手早く髪の毛をタオルで拭いてからリビングに戻る。

心春の手元にはビールの空き缶が二本転がっていた。

「あ、遙？　こっちにおいで。次は私が髪乾かしてあげるね」

心春は陽気な笑顔で手招いている。たった二十分ほど不在にしていた間に、彼女はビールを飲んだようだ。

幸い遙を見て逃げることはなかったが、少し拍子抜けではある。

「桃ちゃん、あまりビールは得意じゃなかったよね。もう酔ってる？」

「ビールも好きだよ？　お酒は全部大好き」

にこにことした笑みで「大好き」と告げられた。一瞬酒に嫉妬しそうになった。

——いけない。そんな風に狭量だと呆れられる。

なんにでも嫉妬していたら心のキャパがすぐに埋まるだろう。遙は大人しく心春の前のラグにあぐらをかいた。

「じゃあ、乾かしますね」

「お願いします」

心春はアルコールが入ると上機嫌でにこにこした笑みが増える。

なるべく外では飲まないでほしいが、酔いが回るのは家飲みだけらしい。外では滅多に酔うことはないため、先日店で眠ってしまったのは珍しい出来事だった。

——俺がいないところで酔っぱらったら心配だな。

可愛い笑顔を向けられて勘違いする男が続出したらどうするのだろう。

ストーカーは簡単に現れることを理解してもらいたいが、口で説明しても納得しないかもしれない。それなら遙がなるべく傍で見張っておくしかない。

「痒いとこはありませんか？」

「桃ちゃん、それは洗髪のときの問いかけだよ」

「あれ？　そうだっけ」

——二本しか飲んでないはずなのになぁ……。

何故こんなにも酔いが回っているのだろう。緊張やストレスが理由だと考えると反省しなくては。

——俺とのキスと手淫を忘れたくてビールを飲んだとか？

やはりきちんと謝罪するべきか。

だがこうして髪を乾かしてくれるということは、遙を嫌ったわけではないと思いたい。

「サラサラだね、髪の毛。遙の髪はとても綺麗ね」

昔から染めているのかと訊かれることも多いが、遙の髪は地毛だ。少し色素が薄い茶色は母方の祖父の色を受け継いでいるらしい。

優しく髪に触れられると、ふたたび劣情が刺激されそうだ。

華奢で細い手首が視界に入る。心春の手は小さくて、遙の手にすっぽり収まるほど頼りない。

だが彼女の手は遙よりも多くのものを掴むだろう。

本当に大切なもの以外は切り捨てられる自分と違い、彼女はその大らかな心と度量でたくさんのものを掴もうとするのだ。手が足りないのであれば腕も使えばいいじゃないと言ってのけるだろう。

——君にその自覚はないだろうけれど。

「まあ、いいじゃない」の一言で救われる人間がいることを、恐らく心春は自覚していない。

だが他人を甘やかすのがうまいわけではなく、締めるところはきっちり締める性格だ。

遙はそんな彼女の無自覚な心の広さと柔軟さに惹かれているのだ。たとえ話をあげたらきりがないほど、日常的に遙は心春の懐の深さに甘えている。

——本当、帰ってほしくないな。

今日はひとりのはずだったのに、帰宅したら心春がいた。

メッセージひとつで翻弄されて、「お帰り」と言ってもらえたことがうれしかった。疲れが一瞬で吹き飛んだと言ったら笑うだろうか。

抱きしめられて頭を撫でられただけで満たされた。この癒やしを手放したくはない。

「はい、おしまい」

ヘアドライヤーの音が消えたと同時に、遙の思考も現実に戻される。

「ふふ、サラサラになったね」

指で何度も髪を梳かれた。髪の毛が気に入ってもらえたなら、将来禿《は》げないように気を付けよう。

——ああ、ダメだ。帰したくない。

離れようとする心春の手を握った。ずっとここに居てもらうにはどうしたらいいのだろう。

「桃ちゃん」

彼女はまだ酔いが残っている。

このまま寝かせるべきなのに、先ほどのキスをもう一度心春に植え付けたい。

「さっきのキスをもう一回しようか」

寝て起きたら夢だったと思われないために。

ソファに座り、ふたたび心春を膝の上に乗せた。戸惑う彼女の頬にそっと触れる。

「俺とのキスは嫌だった？」

自分でも意地悪だと思う質問を投げると、心春は首を左右に振った。

「嫌じゃないよ」

「じゃあ好き？」

アルコールを摂取しているから本音を聞き出しやすい。ズルいと思いつつ、多少強引に踏み込まないと、いつまで経ってもあと一歩の溝が埋まらない。

「た、ぶん……好き」

上目遣いで躊躇いがちに言われた瞬間、遙は心春の唇を奪っていた。シャワーを浴びたのだから冷静になれると思っていたのにとんでもない勘違いだった。

「……っ！」

驚いた気配が伝わってくるが止められない。心春に拒絶されるまで、柔らかな唇の感触を堪能する。

「あ……ふ、ぅ……ンッ」

頬に触れて髪を耳にかけた。そのまま耳たぶにそっと触れると、心春の身体がピクリと反応する。

些細《ささい》な反応が愛《いと》おしい。瞬《まばた》きすらしたくない。じっと心春の姿だけを観察したい。

遙は薄く開いた唇に己の舌を差し込んだ。熱くて柔らかい口内を堪能するだけで、先ほどと同じくゾクッとした震えに襲われる。

――ああ、まずいな。また理性が焼き切れそうだ。

心春がキュッと遙の服を掴んでいるのもたまらない気持ちにさせられた。

拒絶されていないどころか縋られている。求められているようにも感じた。

逃げる舌を追い詰めて、ねっとり絡ませる。

心春の背中がぴくっと反応し、身体から力が抜けた。

心地いい重みが愛おしい。ずっと胸の中に閉じ込めておきたい。

「ン……ふぁ、ん」

時折漏れる甘やかな声が遙の脳髄まで揺さぶるみたいだ。

眩暈《めまい》がしそうなほど、彼女から放たれる濃厚なフェロモンに翻弄される。

「桃ちゃん……」

熱を帯びた目が遙の視線を捉えた。潤んだ瞳に心が奪われる。

舌を絡ませて口内を隅々まで堪能し、ようやく満足した頃。心春はぐったりと遙に身体を預けた。

「ごめんね、またがっつきすぎた」

呼吸を乱して縋りつく心春の背中をゆっくり撫でる。

可愛くて愛おしくてどうにかなりそうだ。

このまま身体を抱き上げて寝室に連れ込んだら、今夜は眠れるだろうか。

――一度箍《たが》が外れた後はどうなるかな……本当、自分が信用できない。

唾液で濡れた唇が色っぽい。彼女の唇を貪っていたのだと思うと、欲望がふたたび暴れだしそうだ。

「そんな可愛い顔は他の男に見せちゃダメだよ」

唇に付着した唾液を親指で拭った。ふにっとした感触が指先に伝わる。

「キスは嫌だった？」

再度同じ質問を投げると、心春はゆるゆると首を左右に振った。

「嫌じゃ、ない」

「じゃあ気持ちよかった？」

とことん言質を取りたい。

なにが嫌でどこまでなら受け入れてもらえるのだろう。

「うん、気持ちいい……遙とのキス、好き」

眦《まなじり》を下げてとろんとした目で見つめられた瞬間、遙の顔に熱が上った。

「……っ」

――ああ、やっぱり心春は心が広い。

「ねえ、遙」

「ん？　どうしたの？」

心なしか自分の声がいつもより甘く響いた。今ならどんなお願いでも聞き入れそうだ。

「恋人なら、私のことも名前で呼んでくれる？」

「……呼んでいいの？」

予想外のおねだりだった。遙は思わず聞き返す。

「もちろん。みんなは桃って呼ぶし、昔からそれがあだ名になっていたから違和感はなかったけれど。彼氏ならあだ名じゃなくて名前で呼んでもらいたい」

まさかそんな風に思っていたとは思わず、遙はジン……とした感動に浸った。

「どうしよう。名前呼びの許可を貰えるなんて……もちろん呼ばせてもらう。いくらでも呼ぶから」

そうは言っても、いざ「心春」と呼ぼうとすると変な緊張がこみ上げた。

――ひとりのときは呼んでいたけれど、面と向かって呼んだことはなかったな。

「心春……ちゃん」

たった一言名前を呼ぶだけで特別に感じるなどどうかしている。心臓が騒がしい。目には視《み》えない距離が一瞬で縮まったみたいだ。心の奥がソワソワして落ち着かない。

「……ふふ、うれしい。でもちゃんはいらないよ。心春だけでいい」

「っ！」

へにゃりと笑った心春の笑みを見て、遙ははっきりと不整脈を感じた。

「ああ……もう、心春はズルい」

「え？」

「俺をどうしたいの。とことん振り回されている」

ギュッと心春を抱きしめる。布越しに感じる体温がもどかしい。

——酔っ払いのおねだりかもしれないけど、記憶をなくすほど飲んだわけじゃない。多分これは本心のはずだ。

翌朝になったらどんな反応をするだろうか。もしもキスを覚えていないと言われたら、思い出せるように再現するまでだ。

「掴まって」と一言告げて、心春を子供のように縦に抱き上げた。

「わ……っ！」

咄嗟にギュッと抱き着かれて、彼女の胸が頭に当たった。柔らかな弾力が褒美でもあり、拷問でもある。

――俺は聖人君子とは真逆の存在だから今すぐにでも奪いたい。でも明日も平日で会社があるから無理はさせられない。

はじめて結ばれるなら絶対に忘れられないようなロマンティックな体験にしたい。日常の延長線で、記憶の彼方《かなた》に埋もれてしまうような一晩にはしたくない。

「心頭滅却すれば火もまた涼しなんて無理じゃない？」

「え？　なに？」

つい頭の中で考えていたことを口にしてしまった。心春のきょとんとした顔が可愛らしい。

「ううん、こっちの話」

寝室に連れ込んで、心春をベッドに下ろす。

遙はポケットからスマホを取り出した。

「心春、記念撮影していい？」

「なんの？」

「俺たちがはじめてキスをした記念日。記録に取っておきたい」

遙にとっては毎日が記念日のようなものだが、今夜は大きく前進した。

「別に構わないけれど……」

「ありがとう。動画も回そうね」

「待って、やっぱりダメ。私スッピンだから。化粧をしてない顔を保存されるのは嫌すぎる」

両手で顔を隠されてしまった。そんな行動も恋する男を煽《あお》るだけ。

遙は録画を開始する。

「どんな顔でも姿になっても、君は俺にとって世界で一番素敵な女性なんだけど」

「……お世辞じゃなくて？」

心春は顔を隠していた両手を下ろす。

おや？　と、遙の眉が僅かに上がった。

いつもなら軽く流されるが、今は心春の方から食いついてきた。やはりアルコールの影響もあるのだろうか。

――お酒が入ると本音が聞きやすいとは言うけれど、いつも以上に素直だな。

「俺はお世辞なんて言ったことないよ。いつも全力で本音しか言ってない」

心春は照れたようにはにかんだ。その笑顔の破壊力が凄まじい。

――動画回しておいてよかった。

こんな表情は何度もお目にかかれるものではない。もう一度見せてと言っても不自然な顔になるだろう。それもまた可愛いに違いないが。

「写真は私ひとりじゃなくて、遙も一緒に写るならいいよ」

「ツーショットを許可してくれるってこと？」

「うん、でも化粧した顔だけね」

今後の撮影許可を得られたので録画を停止した。

遥は心春を抱きしめながら布団の中へ引きずり込む。

「うれしい。たくさん心春との思い出を作っていけるなんて」

「あの、ベッド広いのに近くない？　これで遥は寝られるの？」

「うん、抱きしめながら寝させて。大丈夫、抱きしめる以上のことはしないから」

本当なら邪魔なパジャマなど脱がせたいところだが、そんな一面を見せたら怯えさせてしまうだろう。

――急ぎすぎてはいけない。キスができて俺の自慰まで手伝ってくれたのだから。

少しずつ心春の私物を増やして、ここを彼女の帰る家にしよう。自分のテリトリーに心春を引きずり込んで居心地がいいことを刷り込むのだ。

そして自宅のベッドより遥のベッドの方がよく眠れるようになれば、平日も泊まるようになるかもしれない。

心春は寝心地がいい場所を探して目を瞑る。ほどなくして規則正しい寝息が聞こえてきた。

――本当、無防備すぎてどうしてくれようか。

化粧を落とした顔で安心したように眠る姿が愛おしい。ずっと寝顔を眺めていたい。

――肌が少し乾燥しているみたいだ。これから季節の変わり目だし、肌も揺らぎやすくなるな。

クーラーをつけはじめたら肌も乾燥する。夏用のスキンケアに切り替えつつ、保湿クリームにも気を付けたい。

そんな些細な変化に口を出したら、きっと心春は笑って「相変わらず気持ち悪い」と言うだろう。それも遙にとっては褒め言葉だ。細かな異変に気づけるほど、心春のことが特別なのだから。

スマホには心春専用のアルバムを作成しており、バックアップもきちんと保存している。ふたりで撮ってもらった写真は大切な思い出の一枚だ。

——ダメって言われけれど、アクスタはもう注文したんだよね。

写真立てに入れて飾るのとアクリルスタンドにして飾るのは同じようなことだと説明したら納得するだろう。

今のところ外に持って行くつもりはない。家の中限定だと伝えたら「それならいいか」と受け入れてくれそうだ。

少々強引な自覚はあるが、遙も譲れないところは譲りたくない。思い出はできるだけ形にして残したいし、心春がこの家に不在中でも彼女の存在を感じていたい。

——急にアクスタをプレゼントされたらすごく驚きそうだな。ああ、想像するだけで絶対可愛い。

すやすやと眠る心春をじっくり眺める。寝相が悪くていびきもかくと言っていたが、今のところそのような気配は感じられない。

だがしばらくした後、心春はもぞりと遙の胸から逃れようとした。

「ん～……」

暑くなったのかもしれない。反対側に寝返りを打つと、布団を豪快に蹴り飛ばした。

――今のはなかなかいい蹴りだった。

お転婆《てんば》な彼女も新鮮だ。薄手の毛布だけをかけようとするが、心春の踵《かかと》が遙の鳩尾《みぞおち》の付近を蹴った。

「う……ッ」

不埒《ふらち》な思考と煩悩《ぼんのう》が一瞬で消えた。

刺激的な夜は求めていたが、物理的な意味ではない。

――これはなかなか……。

想定外だ。次はなにをやらかすのだろう。

蹴られて喜ぶ性癖はなかったはずなのに、嫌な気持ちにはならない。

愛の力なのかと考えていると、心春は無意識にパジャマのボタンを外しだす。

プチプチ、と手際がいい。起きている気配はないが、寝ているまま外しているとなれば器用すぎる。

――待て、一体どこまで？

彼女の手を止めることができず静かに見守ると、心春は豪快にパジャマを脱いでキャミソール一枚になった。

そのままの姿で枕を抱き寄せて深い眠りに落ちる。

「まさか脱ぎ癖もあるとは……心春、キャミだけじゃ風邪ひくよ？」

遙は鳩尾付近を撫でながらパジャマを拾った。

なんとか毛布を引き上げて心春にかける。

「……」

抱きしめられている枕が憎たらしい。無機物にまで嫉妬する自分になど気づきたくなかった。

「なるほど、試練の夜だな」

本当の愛がほしいなら耐えるのみだ。

信頼は築かれていても、自分の欲望ばかり押し付けていたら絆が途切れる。

相手のペースに合わせて一歩ずつ進もうと思っているのに、どうも相手が心春だと乱される。

寝息を立てながら眠る心春を眺めて、遙は「ふう……」と自嘲めいた息を吐き出した。

第四章

目が覚めたらキャミソール一枚とショーツしか穿いていなかった。

パジャマの上下が行方不明になることはたびたび発生するので、「ああ、またか」くらいにしか思わなかったけれど、問題はここが私の部屋ではないということ。

「おはよう、心春」

この部屋の主は笑顔でご立腹だった。爽やかな笑みに疲れが滲んでいる。

「俺がなにを言いたいかはわかるよね？」

「……私の呼び名が変わった？」

「うん、それは昨晩君からおねだりしたことだから。いい加減名前で呼んでほしいって言ったのは覚えているかな？」

残念ながら私はアルコールを飲んでも記憶を失えるような特技を持っていない。

寝起きの頭が徐々に覚醒すると、昨夜の出来事が鮮明に蘇《よみがえ》ってきた。

「っ！　私ですね」

次々と恥ずかしい記憶が流れてきた。大人のキスだけじゃない。遙の色っぽい顔や生々しい感触まで蘇ってきて、顔から火が出そうだ。

「そう、君だよね。でも今の問題はそこじゃなくて。どうして脱ぎ癖があるのを教えてくれなかったの。俺の理性がどれだけ揺さぶられたかは想像できる？」

カップ付きのキャミソールとショーツ一枚でベッドに正座は少々シュールだ。せめて身なりを整えてから再開しないかという提案ができる空気でもない。

「ごめんね、遙。私、たまに暑くなると服を脱ぐみたいで……でもたまにしかやらないから注意喚起を忘れてた」

忘れちゃダメだろう。と、遙の表情が物語っていた。

まったくもってその通りである。

「布団を蹴っていたから暑いのはわかったよ。でもね、その姿で背中にくっつかれた俺の忍耐力を褒めてもらいたい」

自分から脱いだくせに寒くなって暖を取りにいったらしい。本能的な行動だったとしても、された方はたまったものではないだろう。

「まさか今までもこんな無防備なことをしていたんじゃないだろうね？」

「そんなことは！　家族から苦情を言われたこともないので……」

なかったよね？　どうだったっけ？　と思考を巡らせる。

寝起きに尋問は辛い。というかそろそろ着替えてもよろしいでしょうか……。

「してないならいいよ。もう心春に驚かされることには慣れたと思っていたけれど、まだまだ知らない一面があるんだなって気づいたよ」

今後の対策を考えようとまで言い出しそうだ。私は深々と頭を下げる。

「着替えて顔を洗っておいで。俺は朝ごはんを作ってるから」

「うん、ごめんね」

脱いだパジャマを探すが、どこにも見当たらない。

「次同じことしたら容赦なく襲うから」

「ひぇ！」

爽やかな朝に似つかわしくない笑みだった。

「私を食べてもあまりおいしくないかと……」

「それを決めるのは俺だね。あとパジャマはもう洗濯機の中だから。着替えはここに用意してある」

ベッドの端に見覚えのある服が畳んで置かれていた。

丁寧に上から下までコーディネートがされている。当然選んだのは遙だ。

「なにからなにまですみません……」

「彼女の服のコーディネートが堂々とできるのは彼氏の特権だよね。これから毎日選んであげる」

遙の機嫌は少し浮上したようだ。

彼は「ゆっくり準備していいよ」と告げると、階段を下りていく。

「紺色のパンツに白のシフォンのブラウス。メリハリのあるミックスコーデだわ」

ご丁寧に金色の金具がオシャレなベルトと上に羽織るカーディガンまで用意されていた。なんとなくヘアスタイルとイヤリングまで「今日はこれがいい」と言われそうだ。

服を選んでもらえるのは助かる。でもこれ以上遙に甘えていいのだろうか。

「我慢させちゃったな……」

昨晩はいわゆる生殺し状態というやつだ。それでも手を出してこなかった遙の誠実さが改めて好ましい。

ぷにっとした太ももとお腹を眺める。果たしてこれは遙に見せてもいいものなのだろうか。

「ジムに通うから待ってって言ったら泣くかな？」

焦らしプレイにもほどがあると怒られるかもしれないが、それはそれで見てみたいと思ってしまうあたり、私の性癖も少し歪《ゆが》んできているのかもしれない。

食後に遙は私のジュエリーを選びだした。

ネックレス、イヤリングの他に、ヘアクリップと口紅の色まで。全身遙のコーディネートになった。いつもの自分より二割ほど気合いが入っている。

「リップの色合いが微妙だったら混ぜればいいって、知り合いの美容部員さんが言ってたんだよね」

口紅を二色使いしはじめたときは感心した。よくそんな情報を覚えているものだ。

「ありがとう、遙。センスいいね」

「どういたしまして」

ついでに「時間差で出勤しよう」と提案したが却下された。

◆　◆　◆

他人の噂は気にならないのに、自分のことになると耳が大きくなるのは何故だろう。

社内のカフェでコーヒーを注文していると、ひそひそとした話し声が聞こえてきた。

「ほら、グローバルサプライチェーンの桃枝さん」

「ああ、経営戦略のあの人との仲を囁かれてるんだっけ？」

あの人とは遙で間違いないだろう。

彼は経営戦略本部の国際事業部に属しているし、私もやたら長い部署名のグローバルサプライチェーン戦略部に所属で間違いない。

「支払い方法はいかがなさいますか」

「交通系で」

ピッ、とプリペイドカードでタッチ決済を済ます。

私が働くオフィスではカフェがふたつ併設されている。誰でも入れるカフェと社員のみのカフェだ。後者のカフェならパソコンを持ち込んで仕事をするのも可能なので重宝している。

仕事が煮詰まってきた午後三時過ぎ。気分転換にカフェに来たというのに、噂の的になるようなことをしただろうか。

コーヒーを受け取るまでの時間が少々気まずい。

「付き合ってるって噂はずっとあるらしいよね。本当なのかな」

「さあ。でも胡桃沢さんって結構変わってるっていう噂も聞くから、本当なら桃枝さんもクセのある人なのかも……」

ちょっと待って、変わっているのは遙だけです。

「多少変わっててもあれだけ顔が良ければチャラになりそう。それに芸能人とかインフルエンサーより桃枝さんを選ぶなら、趣味がいいと思うな」

「確かにね。清楚《せいそ》系が好みか」

……おや？

急に褒められてそわそわする。私のことは清楚系と思われているみたいだけど、まあ派手ではないからそういうしかないだろう。

ちなみに彼女たちとは距離があるので、私が聞いているとは思ってもいないようだ。

「お待たせしました」

礼を告げてコーヒーを受け取り、そそくさとカフェの隅に移動した。私のことを話していた二人組もカフェから去ったようだ。

熱々のコーヒーに口をつける。遥の性格が少々特殊なのは周知の事実としても、私が親玉だと思われるのは勘弁してほしい。

今朝出勤したとき、部署が別々だからエレベーターホールで別れたけれど。朝も一緒に歩いているのを見られたら変に勘繰られることもありそう。

もし面と向かって遥と交際しているのかと訊かれたら、なんて答えるべきなのだろうか。

「……」

プライベートには答えないって言ったら、肯定しているようなものだよね……。

「期間限定のお試し交際をしてます」なんて、よく知らない人に言いふらすものでもない。それにきっと私は嘘が下手だから、僅かな表情の変化で気づかれるだろう。

結婚するわけじゃないんだから放っておいてくれたらいいのだけど。社内の王子は注目の的だから、皆興味津々《しんしん》なのも仕方ない。

コーヒーを飲みつつ仕事のメールを片付けていたら、スマホがメッセージを受信した。送信者は遥だ。

「金曜から出張……って、随分急だわ」

行先はフランスのパリだ。どうやら遙の上司が急性虫垂炎で昨日緊急搬送されたようだ。その上司が出席するはずだった会議に遙が出ることになるらしい。私だったら絶対嫌だけど、部下が上司の代わりを務めるのも仕事のうちか。

「中間管理職は大変だねぇ……頑張って、と」

でもパリなら直行便もあるし、はじめてではないはず。

先手を打って【お土産はお気になさらず。どうしても気になるならチョコがいいな】と送信すると、速攻でおいしいチョコを購入してくるとの返答があった。

金曜に出発するならしばらく慌ただしいだろう。予定通り自分の部屋に戻ろう。

【じゃあ私は邪魔になるから、今夜から自宅に戻るね。気を付けて行ってね】

宿泊者が変わる場合、ホテルの予約変更は簡単にできるのだろうか。チケットも今から取ったらいくらになるんだろう。

私は基本的に海外出張がない部署なので気楽だけど、事前申請と経費申請が厄介だ。あれはもう少し簡素化できないものか。

【嘘。待って、なんで】

【今夜はうちに来ないってこと？】

【俺は邪魔だなんて思ってない。むしろ心春の顔が見られない方が無理だから】

【一週間出張で離れてる間は我慢する。でもその前までは我慢できない。本当無理】

……これ、どんな表情で送ってるんだろう。

三年間も海外赴任で離れていたときより悪化しているようだ。あの頃も頻繁に連絡は取り合っていて、ビデオ通話もしていたけれど。

ここで拒否するのは簡単だけど、今朝は私が失態を犯している。遙の要望を呑んでプラマイゼロにしたい。

【わかった。今夜はそっちに泊まる。でも明日からは自宅に戻るからね】

【ありがとう。俺からマンションの管理会社に連絡しておくから管理会社の名前を教えてね。今年更新しませんって言っておく】

【本人以外が解約できるはずないでしょう。というか話が飛びすぎだって】

恐ろしい男だ。この流れで帰る場所をなくしてしまえばいいと思っているなんて。

今度こそスマホをテーブルに置いた。冗談だと思いつつも、半分くらい本気でやりそう。

「……温《ぬる》い」

テーブルに置いていたコーヒーは温くなっていた。

急ぎの仕事を手早く終わらせて、この日は定時で帰ることにした。

◆　◆　◆

何度もねちっこくキスはされたけれど、一応清らかな身体のままパリに行くのを見送り、静かな土日を迎えた。

遙の出張中は自分の部屋に戻っているが、1Kと遙の部屋とでは居心地の良さが違いすぎた。

「ダメだわ、身体が贅沢に慣れている！」

大学時代から使い続けているマットレスの寿命もそろそろか。

腰の部分がヘタレてきているとは思っていたけれど、目覚めたとき腰が痛い。遙のベッドと同じような快眠はマットレスを変えないと得られないだろう。

雑然とした部屋は嫌いじゃないが、よく見ると不用品が多い。

「ゴールデンウィークにできなかった断捨離をする日が来たか……」

引っ越すか更新するかは置いておいて、部屋をスッキリしたい。

この土日に不用品をまとめることにした。服は迷ったら試着してから売るか捨てるかを決めて、それでも迷ったら保留の袋へ。

「そういえば遙が骨格診断や顔診断とか言ってたっけ」

なんでそんなことまで知っているんだと思うけれど、もう突っ込まない。

着たい服を着て似合うのは若いときだけよ！　と言っていた母親の台詞を思い出した。年齢を重ねると、なんか微妙？　って思うことが増えてくるらしい。

二年以上着ていない服を試着する。しっくりこないものはすべて手放すことにした。

久しぶりに自宅でゴロゴロしようと思っていたけれど、急にはじまった断捨離のおかげで有意義な時間を過ごせた。

雑然としていた部屋はこざっぱりしたし、キッチンの賞味期限切れのゴミが一掃されてスペースもできた。私もやればできるのだ。

そして昨日の夜には遥も日本に帰国した。少し疲れているような声だったけれど、無事に帰国できてホッとする。

土曜日の今日も疲れているだろうから、一日のんびり過ごすように伝えていた。私と会ったらゆっくりできないだろうから身体を優先してほしい。

明日はお土産のチョコレートを貰いに行こうと思っていたのだが……、先ほど遥から届いたメッセージには珍しい一言が書かれていた。

「しばらく家に来ないで……って、なにが起こったの？」

いつもはうるさいくらい「帰るの？　どうして？」って訊いてくるのに、来ないでと言われたら逆に気になる。

【なにかあったの？　大丈夫？】と送信するが、あてにならない返事が戻ってきた。

「なにも問題ないから心配しないで、って……大丈夫じゃない場合に言うやつでしょ」

なんだろう。非常に怪しい。

こういうときに頼れる相手は麻衣里しかいないが、土曜日に連絡するのは憚られた。月曜日になれば会社で会える相手に週末に連絡するのってちょっと遠慮する。

家に来られたら困る問題ってなんだろう。しかも明日都合が悪いならまだしも、しばらくと書かれている。

はっきりしない理由が非常に気になる。もしかしたら遙が簡単に対処できないようなトラブルに巻き込まれているのでは。

「はっ！　元カノに突撃されてるとか？」

女性問題はモテる男の宿命だ。巻き込まれる方はたまったものではないが。

「いや、そもそも私と知り合ってから彼女なんていなかったか。三年も日本から離れてたんだし……でも、もしかしたらドイツから元カノが来日した可能性も……」

どうしよう。可能性はゼロではない気がしてきた。

私には誰とも付き合っていないと言っていたけれど、明かせなかっただけでドイツに恋人がいたんじゃないか。

結婚適齢期の二十代後半の男性が、女性に手を出したら結婚を迫られるのは世界共通な気がする。

もしかしたら私、修羅場というやつに巻き込まれるのも秒読みだったり……ドイツ系の美女と私なら、明らかにその美女の方が遙と釣り合うだろう。

「……いや、戦わずに譲るというのもおかしいな。だって私が今の遙の彼女なわけだし」

たとえモデル級の美女に挑発されても、「はい、どうぞ」と遙をあげる気にはなれない。彼の隣に自分以外の女性がいると思うだけでモヤッとする。

あの部屋に知らない人の私物があるのは嫌だ。食器もカップも、遙が私用にと用意してくれたものなのに。

「架空の元カノに嫉妬してどうするの。遙に電話しよう」

いつもならすぐに出るのになかなか応答がない。

ならば次の行動はひとつだけ。合鍵を使って乗り込むのみだ。

「まさかこんな風に鍵を使う羽目になるとは」

でも恋人の様子を見に行くというのは自然だ。

念のため大き目のトートバッグに一泊分の着替えを詰めた。パジャマや基礎化粧品は遙の自宅に置きっぱなしになっている。

そのまま通い慣れた家に向かいエントランスドアを開けた。

「お邪魔しますよ……」

いつ来ても室内はすっきりと片付いていた。

私だったらしばらくスーツケースを広げっぱなしにしているのに、翌日には片付けるなんて几帳面《きちょうめん》な性格だ。

キッチンには珍しく洗い物が溜まっている。食洗機を回した気配もない。

「遙？　いる……？」

物音がしない。家にいないのだろうか。

ここで知らない人と遭遇したらどうしよう。そんなドキドキを抱きながら遙の寝室のドアをそっと開いた。

ベッドがこんもりしている。

足音を立てないように近づくと、熱さましのシートを貼った遙が苦しそうに眠っていた。

「え？　熱あるの？」

慌てて額に手を当てる。

熱さましシートの冷却ジェルは生温《なまぬる》い。これでは気持ち悪いだろう。

枕元には飲料水のペットボトルと、薬を飲んだ跡があった。キッチンに洗い物が溜まっていたことから、なにか胃には入れたはずだ。

「もう、少しは頼ってよ」

そう小さく呟いた後、足音を消して寝室を後にする。キッチンに戻り、冷蔵庫の中を確認した。

「そうだ。一週間不在にしてたから食材もほとんどないじゃない」

病人を看病したことなんてないけれど、食べやすいゼリーや薬など一通りのものを買いに行こう。

近くのスーパーで食材を買い込んで、ドラッグストアで解熱剤と熱さまし用のシートを二箱購入しておいた。ついでに喉飴《のどあめ》と、紅茶のティーバッグとレモン果汁も。

「ただの風邪で疲れが出たのか、季節外れのインフルか」

熱が下がらないなら病院に連れて行った方がいい。でもご飯は食べられるようなら、安静にしていれば落ち着くかも。

あれもこれもと買いすぎた買い物バッグをキッチンに運んでから、ふたたび遙の様子を確認しに行った。念のためマスクをつけておく。

「ん……もも、ちゃん？」

「あ、ごめん。起こした？」

ドラッグストアで購入した体温計を使用しようとしたら遙が目を覚ましたみたいだ。

「なんでここに……」

「遙の様子が気になったから。いつもはしつこいくらい帰らないでって言うくせに、家に来ないでって言うんだもん。突然押しかけてきたドイツ美女を匿《かくま》っているか、なにかトラブルが発生したかのどちらかだと思うでしょう」

「ドイツ美女って、なにそれ」

ふふ、と微笑んだ後、遙は咳《せ》き込《こ》んだ。ペットボトルの水とスポーツドリンクのキャップを開ける。

「どっちがいい？　どっちなら飲みやすい？」

「じゃあ、スポーツドリンクを」

ストローをさして遙に手渡した。まだ少し寝ぼけているのか熱に浮かされているのか、ぼんやりした姿が珍しい。

「熱測った？　体温計も買ってきたから。口の中に入れるよ？」

遙は大人しくされるがままだ。いつもは私が面倒をみられているため、この状況は珍しい。

「大分熱は下がったと思う。多分もう微熱」

体温計がピピッと鳴った。遙が言う通り37・5℃の微熱だった。

「熱以外に不調は？　喉とか咳《せき》とか」

「他は大丈夫。ちょっと怠《だる》くて頭がぼうっとするだけ」

急な出張で疲れが出たようだ。飛行機の中は乾燥しているし、長時間のフライトは体調を崩しやすい。

「病院は行かなくて大丈夫そう？」と尋ねると、彼は寝ていれば治ると答えた。土日でしっかり治して月曜は出勤するとか。

遙は人当たりがよくて仕事もできるため、恐らく本人が自覚していないストレスも抱え込んでいるのだろう。それに私の面倒と気遣いも忘れない。

どれだけ余計な神経を使っているのだと呆れそうになるが、どんなに言っても本人が好きでやっていることだから止められないのだ。

「ウイルス感染ではないと思うけど、念のため来ないでって言ったのに」

じっとりした視線を向けられるが、今回ばかりは自分の直感に従ってよかった。

「あのね、弱ってるときは私を頼ってよ。なんで隠そうとするの？　私、そんなに頼りにならない？」

「そんなつもりじゃ……」

「じゃあ遙は逆の立場だったらどう思う？　私が風邪で寝込んでいるのに元気なふりをして、ひとりで倒れているのを知ったら、歯がゆい気持ちになると思わない？」

「合鍵を奪っておけばよかったって思うね」

本当にやりそうなので合鍵問題には触れないでおきたい。

だが気持ちは伝わっただろう。

「つまり同じことでしょう。遙が私を心配してくれるように、私だって遙のことを心配するし労《いたわ》りたい。具合が悪いならヘルプを出してほしいと思うよ。頼りたいときに遠慮せず頼れる相手が恋人なんじゃないの？」

「……うん、そうだね。隠してごめんね」

「病人は謝らなくていいから。その代わり、次はちゃんと私を頼ってね」

今度体調不良を隠したら怒ると告げると、ようやく遙は頷いた。だがその顔には微妙な葛藤が浮かんでいる。

「遙君、その眉間の皺はなにかな？」

「だって……桃ちゃん、呆れない？」

そういえば呼び名が戻っている。遙から今まで通りのあだ名で呼ばれるのも悪くない。

「呆れるってなにを？　遙だって人間なんだから、弱ることくらいあるでしょう。完璧主義者なのは知ってるけど、多少ポンコツでも私は嫌いません」

むしろこの男はすでに性格面でいろいろマイナスな面も多いのだ。生理的な嫌悪はないけれど、ギリギリなキモさを攻めている。

遙のポーチの中身は未だにブラックホールのような扱いだ。一体なにが収まっているのか、知りたいようで知るのが怖い。

「……安心した。ほんと、桃ちゃんは心が広いね」

「いや、普通のキャパしかないと思うけど」

今まで知らなかったけれど、どうやらこの男は弱みを見せたがらないようだ。他人にはもちろん、私にすら弱っているところを見せたくないらしい。

男性のプライドというものもあるんだろうけれど、その傾向が少し強い。

「頼っていいっていうけれど、俺は甘えるのが苦手なんだ」

ぽつりと呟いた声は淡々としていたけれど、どことなく切なさが交じっていた。もしかしたら育った環境が影響しているのかも。

そういえば遥の実家の話はほとんど聞いたことがない。

どんな幼少期を過ごして、子供の頃はなにが好きだったのか。

長く一緒に過ごしていたら昔話くらい聞いていてもよさそうなのに思い出せない。

苦手というのはつまり、わからないということではないか。私が知らないだけで実は複雑な家庭環境だったのかもしれない。

「私を甘やかすことは好きなくせに、自分は甘えるのは苦手だなんて。困った人だね」

甘やかされた記憶がほとんどないから、どうしていいかわからなくなる。遥の表情からはそんな感情が読み取れた。

本当に、遥は厄介な性格をしている。

でも、私はそんな面倒くさい男を手放す気にはなれない。

「とりあえず今は寝て。元気になるまで傍にいてあげるから」

「……元気になったらいなくなるなら、ずっとこのままがいい」

いつも通りの軽口なのに、冗談には聞こえない。

これも遥の本心なのだと思うと胸の奥がギュッとする。

ああ、困った。

先ほどから感じている胸の鼓動はなんだろう。母性本能を刺激されているのかな。

ゆっくり遙の頭を撫でながら眠りを促す。規則的な寝息が聞こえてくるまでじっと傍で見守ることにした。

「参ったな……離れたくなくなるじゃない」

知り合って数年目で気づいた遙の本当の弱点。

今までは私が弱点だと思われていたけれど、多分違う。

実は寂しがり屋なのに甘え方がわからなくて、離れてほしくないから与えすぎてしまうのだ。

私は与えられることを当たり前だなんて思っていないけれど、きっと遙は私を甘やかすことで精神を安定させていたのだろう。

それはまるで自分の存在意義を見出《みいだ》すことに近いのではないか。過剰とも呼べる愛情を与えることで心を満たしている。

一見隙がなくて完璧で、料理も上手で仕事もできる。でも心の奥では精神的な脆さを抱えている。

私が思っている以上に遙が寂しがり屋だとしたら、この家は広すぎるのかもしれない。

「帰らないでって言うのは本心からだったんだね」

少し汗ばんだ髪を撫でる。なんだか無性に彼を甘やかしたくなった。

今まで特定の誰かを甘やかしたいなんて思ったことはない。そんな風に感じる時点で、私はとっくに遥のことが特別で大好きなのだ。友情だけではなく恋愛的な意味で。

器用なくせに不器用で、甘え方がわからない男を甘やかしたいし安心させたい。彼が抱える寂しさを少しでも埋められたらいい。

「なんだか沼に落ちた気分」

ずっと「おいで」と誘われていた沼に腰までどっぷりつかってしまったようだ。もはや抜け出すことはできないだろう。

でも抜け出すつもりもないし、なんならとことん付き合いたい。

遥は私に逃げ道を与えるために期間限定の交際という名目をつけたけれど。彼が目覚めたら撤回させよう。

寝ている遥を起こさないようにそっと寝室の扉を開けて、溜まっている家事を片付けることにした。


おかゆと野菜たっぷりのスープが出来上がった頃、二階からガタン、と物音が響いた。パタパタと階段を下りてくる足音がする。

「も……心春？」

「遥、起きた？　熱下がった？」

お鍋の火を消して遥の元へ行くと、彼はその場で立ち止まったまま深く息を吐いた。

「夢じゃなかった……」

「え？　なに、私が家に来たのは夢だって思ったの？」

物的証拠も残っていただろう。スポーツドリンクや体温計とか。

「もしかしたら都合のいい夢を見ていたんじゃないかって……よかった。まだここにいてくれて」

「……っ」

そんないじらしいことを言われたら抱きしめたくなっちゃうじゃない！

私は欲望に忠実な女なので、構わず遙を正面から抱きしめた。

「っ！」

「よしよしよし」

「待って。俺、犬扱いされてる？」

「こんなにデカくてかっこいい犬はなかなかいないんじゃない？」

「かっこいいって褒めてもらえた。うれしい」

うん、遙の思考回路は正常運転に戻ったようだ。

そっと額に触れる。数時間眠ったからか、先ほどよりは下がったみたい。

「熱は測った？」

「うん、36・5℃まで下がった」

「そっか、よかった。でも明日も安静にしないとだね。今夜は私も泊まるから、遙はゆっくり休んで……」

手首をギュッと握られた。遙の表情がぱあっと輝く。

「泊まってってくれるの？」

「う、うん……そのつもりだけど」

どうしよう。気持ちをはっきり自覚した後だから、いつも以上にこの顔に弱い気がする。些細な表情の変化まで読み取れるようになっていた。

目には視えない尻尾がブンブンと振られているのはきっと幻覚だろう。

「うれしい。ありがとう、心春」

「……っ！」

不意打ちのように名前を呼ばれると心臓がドキッと跳ねた。

好きな人に呼ばれると、今まで以上に自分の名前が特別な響きを持つみたいだ。

「ね、ねえ、遙。私やっぱり、今までみたいに桃って呼ばれたいかも」

「ヤダ。ようやく名前で呼んでもいいって許可を得られたのに、他の人と同じ呼び方は却下」

他人と一緒の扱いは断固拒否と言いたげだ。

「でも急にどうして？　聞き慣れなくなった？」

「ちょっと恥ずかしいというか……」

「それならもっとたくさん呼んで慣れてもらうしかないかな」

慣れるしかないのは理解できるが、人はそれを荒療治と呼ぶのではないか。

「あ、そうだ。食欲はありそう？　消化がいいものがいいかなと思って、おかゆとスープを作ってみたんだけど」

時刻は夕方の六時前だ。夕食にはまだ少し早い。

「わざわざ作ってくれたの？　うれしいな。もちろん全部いただくよ。でも先にシャワー浴びてくるね」

汗をかいたのでさっぱりしたいらしい。熱は下がったので問題ないだろう。

「シーツとか洗っておいた方がいいかな」

勝手に寝室に入り、シーツ類を引っぺがす。洗面室からはシャワーの水音が聞こえてきた。

「洗濯機回しておくね」と一声かけてから洗い物をポイポイッと洗濯機に放り込んだ。

しばらくして、さっぱりした様子の遙がリビングにやってきた。

「はい、お水。水分補給してね」

ダイニングテーブルの席に座らせて、目の前にペットボトルを置いた。ついでにブランケットも遙の膝にかけると、遙はなんだか微妙な顔で照れている。

「あの、そんなに心配しなくても平気だから」

「このくらい普通でしょう。遙だって私が風邪ひいたら、今まで以上にあれこれ面倒みると思うよ」

水を飲ませながらお茶の準備もする。カフェインフリーのハーブティーがいいだろうか。

「ありがとう。なんだかこういうことに慣れなくて、気持ちが落ち着かないというかソワソワするみたいだ」

それは遥が甘やかされることに慣れていないからだ。

困った人だなと思いながら、私は宣言する。

「慣れていないなら数をこなして慣れればいいだけよね？　胡桃沢君」

「ちょっと、心春ちゃん？」

「私、これから遥をたっぷり甘やかすって決めたから。甘えるのが苦手なら荒療治で慣れればいいわね」

「え……っ」

虚を突かれたような表情が少々間抜けで可愛らしい。

そんな無防備で隙がありまくりな顔は、社内では絶対見られない。

「待って、そんな宣言困る。俺がどうにかなってしまう」

「どうにかなってしまう遥も可愛いと思うよ。むしろ見たいし好奇心しかないわ」

余裕綽々《しゃくしゃく》なところばかりを見せられていたのだから、たまには焦って照れてもいい。

弱くて情けない自分を見せられる相手が、背伸びもせずに対等でいられるパートナーになれるんだと思う。

「心春の世話を焼くのが俺の生きがいなのに」

「それはちょっと理解不能なんだけど。でもまあ、ひとりで頑張りすぎないでよ。ふたりでいる意味がなくなっちゃうでしょ?」

欠けているところがあっていい。

ふたりでいるのだから、苦手なことを補い合えればいい。遙の不得意を私がカバーするのだ。隙のない男の弱さが可愛く見えた。こういうのもギャップ萌《も》えというやつか。

「お腹空いてる? ご飯食べられそう?」

「……うん、ありがとう。お腹は空いてるかも」

自分の欲求に鈍感な男がたどたどしくお腹が空いていると宣言するのも可愛らしい。温めておいたスープと卵粥《がゆ》を置いた。

ここで「はい、あーん」をするのはやりすぎだろうか。いきなり距離を縮めすぎたら遙の負担になるかもしれない。

「熱いから気を付けてね。ちゃんとふーふーして」

「心春、ちょっと楽しんでる?」

「うん、結構楽しい」

好きな人の知らない一面を見られるのは彼女の特権だ。

きちんと恋を自覚してから加速する感情があることを、私ははじめて知った。

第五章

遙はまだ夢を視ているのではないかと思いはじめた。

心春から「添い寝してあげようか？」と、うれしい提案をしてもらえるなんて思ってもいなかった。体調不良になるのも悪いことばかりではない。

「うれしいけれど……俺の風邪がうつったら大変だから」

「でも熱は下がってるし、喉とか咳の症状もないいんでしょう？　うつる可能性は低いんじゃないかな」

心春は「念のためマスクしながら寝るから大丈夫」と言った。そこまでして傍にいてくれることが信じられなくて、やはり都合のいい夢ではないかと考える。

——シーツまで替えてくれた。今日だけで一体いくつ心春に面倒をかけただろう。

昔から体調不良のときは薬を飲んで大人しく寝ているだけだった。誰かが看病をしてくれたことも、手作りの粥を作ってもらったこともない。

心細くて寂しかった幼少期を思い出す。もしもあの頃に心春と出会えていたら、とまで思考が飛躍した。

――いや、俺の方が年上なんだから、子供の頃なら俺が看病する側だな。

冷蔵庫には過剰在庫気味のプリンとゼリーが眠っている。心春が昼間に買ってきたものだ。

明日から冷蔵庫を開けるたびに心春の心遣いを思い出すだろう。

自分のことを心配してあれこれ世話を焼いてもらえるなんて、うれしさと同じくらい心の奥がむず痒《がゆ》い。

プリンたちは出番を迎える前に賞味期限切れになりそうだ。もったいなくて食べられないから。

「さあ、ほら。寝よう。電気消すね」

心春はポンポン、とシーツを叩いて、ベッドに横たわるように促した。

一応恋人の自覚はあるのだろうかと問いたくなるような無防備さだ。

――きっと体調が悪いときは性欲も消えてるって思ってるんだろうな。

高熱のときならまだしも今は平熱だ。体力もほとんど回復している。

だが遥は黙って心春の言う通りに従った。いつだって警戒心を失ってほしくないが、自分の前では無防備なままでいてほしい。

煩悩が刺激される前に寝てしまおうと目を瞑ったとき。

「遥、腕枕する？」

予想外の提案を受けた。

「俺がされる側なの？　心春の細腕を枕に？」

「あ、やっぱり私の腕じゃ寝心地は悪いか。そうだよね、長さも足りないよね」

――……そうじゃない。

遙は触れたくてたまらないのを我慢しているというのに、心春は躊躇《ちゅうちょ》なく遙が作った壁を飛び越えようとする。

「じゃあ手でも繫ぐ？」と言われて、溜息を吐き出しそうになった。

「……うん、繫ぎたい」

欲望に従順な自分が恨めしい。

本当は抱きしめたいのを堪えているというのに、手だけでも接触したらどうなることやら。

だがせっかくの提案を断れるほど理性は強くない。

心春の指は細くて華奢で頼りなかった。女性の手が小さいのは当然なのに、少し力を込めただけで折れてしまうのではないかと不安を抱く。

「やっぱりやめよう。寝ている間に心春の手を傷つけたくないから」

「そんなに握力に自信があるの？」

「そういうわけじゃないけど、無意識になにをするかわからないでしょう」

今さら手を繫ぐだけで緊張するなど、恋を覚えたての子供みたいだ。

——情けない。呆れたかな？

だが隣からはクスクスと耳触りのいい笑い声が聞こえてきた。

「遙が私を傷つけるわけないじゃない。落ち着かないのは慣れていないからだよ。眠った後はどうせ手を放すんだから、それまではね？　このままでいよう」

その台詞がストンと胸の奥に落ちた。

——そうか。全部はじめてなんだ。

自分を受け入れてもらえることも、具合が悪いときに傍にいてもらえるのも。

遠ざけようとしたのは弱さを見せたくないからだけではない。情けないところを見せて嫌われるのが怖いのもあるが、はじめての感情をどう処理していいかわからないからだ。

「おやすみ、遙」

「……おやすみ」

柔らかい声が鼓膜をくすぐる。

こんな風に優しい夜を迎えられる日が来るなんて考えたことがあっただろうか。

——ずっと諦めていたから。俺みたいな欠陥人間が誰かに愛されるなんて。

過剰なほどの愛を与えたいのは、愛に飢えているからだ。誰かに尽くすことで自分の存在意義が満たされる。そしてほんの少しでも相手からの愛情を向けられたら満足だった。

そんな欲求に気づいたのはいつだっただろう。

物心がつく前に遙の母は他界した。多忙な父との思い出もほとんどなくて、食事は通いの家政婦が作ってくれたものを食していた。

遙の実家は資産家で都内の不動産を多数所有している。父は会社を経営しており、ほとんど家には帰らない。

遙を育てたのは仕事として派遣された他人ばかりだ。外国に移住している祖父母との交流も滅多になかった。

愛情に飢えているという自覚はなかったが、女の子との交際をはじめてから少しずつ他者とのズレに気がついた。たまに「ちょっと重い」と言われることがあったのだ。

自分としては普通のことだと思っていたが、気づくと距離を置かれて破局する。

相手から告白をしてきたのに、何故別れを告げられるのだろうか。

遙はこの顔が男女問わず好まれることを自覚していた。大人たちから可愛がられるのも顔と愛想がいいからだ。

実際に男女交際を開始したのは小学校六年生からで、半年も経たずに別れることを繰り返していた。

さすがに中学三年生にもなれば自分の欠点を理解した。どうやら人との距離感がおかしいらしい。

普通の人は交際相手のすべてを細かく把握したいとは思わないそうだが、遙は彼女の起床、就寝時間や、毎日のルーティンを細かく訊いた。

どんなテレビを見て、好きな音楽はなにか。気になったものはすべて把握して、空いた時間はできる限り傍にいるようにしていた。

恋人同士なら普通のことだと思っていた。何故ちょっと重いと言われてしまうのだろう。

拒絶されないように相手を尊重していたのだが、それでもやりすぎていたらしい。

嫌われたくないから、好かれたいから、好みをすべて把握して先回りする。それも裏を返せば愛情欠乏症と似た症状なのかもしれない。

たとえ付き合っていても恋人との境界線《バウンダリー》を侵してはいけない。心理学の本を読《よ》み漁《あさ》り、少しでも人付き合いを円滑に進められるように努力した。

高校に進学し、二年生になる頃には飢えを満たすような恋愛は避けるようになった。

どうせ振られるのなら付き合わなければいい。呼吸をするように交際相手に尽くしたくなるのも一種の精神疾患なのだと思うようになったのだ。

遙は自分のことを欠けた人間だと自覚したら気が楽になった。

これまで幾度も失敗を繰り返して、他者との距離感を見誤らないように気を付けてきた。この人ならどこまで許してくれるのだろう？　という分析が癖になっていた。

大学に進学後も面倒な男女交際を避け続けた。アクセサリーのように遙を見せびらかしたいという女性の承認欲求に応える義理もない。

——外見に引き寄せられる女性は地雷だな。

いつしかそんなことまで考えるくらいには成長した。昔は好意を向けられたらすんなり受け入れていたのだから、ある意味節操がなかったと言える。

だが心の奥では、誰かひとりと繋がりたくて仕方なかった。

自分のことをわかってくれる人がほしい。外見だけでなく中身を見てもらいたい。

過剰な愛情を押し付けても嫌がることなく受け入れられたい。そしてダメなことはダメだと叱ってほしい。

心の奥が満たされない日々を送っていたある日。遙は運命の出会いを果たした。

名前の響きが似ているというだけで声をかけてきた心春に、正直一目で恋に落ちたわけではない。最初から特別な空気を感じてはいたが、最愛の人になるとは思っていなかった。

少しずつ話すことが増えて、次第に心春が纏《まと》う空気感に癒やされるようになった。

傍にいても拒絶されない。恋愛感情が籠もった目で見つめられない。

遙を恋愛対象として扱わず、ひとりの人間として見てくれる。忘れかけていたその感覚に気づいたとき、素直に「心地いい」と感じたのだ。

入社二年目になった頃には、遙を妬《ねた》む声も聞こえてきた。特に同期入社の男たちから。

『顔がいい男は本当得だよな。出世も早そうだし』

遙がいない場所でそう言われるのははじめてではない。

学生時代にも陰口を叩かれたことはあったが、社会に出ても同じだとは……と呆れながら通り過ぎようとしたとき。聞き覚えのある声が耳に届いた。

『出世したいの？　それなら誰が通りかかるかわからない休憩室で他人を妬むものじゃないでしょう。マネージャーたちが聞いてたらどうするの』

心春の声だ。

遙はサッと身を隠して彼女の声に集中した。

『芸能界ならまだしも、ここは普通の企業ですけど。見た目で出世できるほど甘くはないし、そう思ってるなら上がそういう人たちだと侮ってる発言にも捉えられるよね』

険悪な空気が流れる。

言い争いになったら心春を庇《かば》いに行こうと思ったが、彼女が自分を庇っているところをもう少し観察していたい。

『世間一般的には顔がいい方が得ってのは違いないだろう』

『それは一理あるけれど、得ばかり考えてるから妬むんだよ。逆に考えてみたら？　顔で苦労することも世の中にはあるんじゃない？　気のない異性から言い寄られたり日常的にストーカー被害に遭ったり、住所特定されて引っ越して無駄なお金を使う羽目になったことはある？』

『それは……』

男たちの怯《ひる》んだ気配が伝わってきた。

『男女問わず美人は得かもしれないけれど、それ以上に本人が望んでいないトラブルが多いと思う。私たちは平凡な顔に生まれて得してるんだよ。というか、そもそも他人と比べても虚《むな》しいだけだって。無意味なことはやめよう』

『まあ……そうだけど』

平凡な顔と言うけれど、遥にとって心春は十分魅力的な顔立ちをしている。透明感のある肌と黒目の大きい瞳は可愛らしい。

自己評価が低いのは恋愛経験が少ないからか。

――相手の男と距離が近いな。気があるって勘違いされないか？

もしも他の男が心春に好意を抱いたらモヤッとする。自分以外の男が彼女の隣に立つことを考えて、遥ははっきり恋心を自覚した。

心春はきっと遥を拒絶しない。

ダメなことはダメだときっぱり言うが、傍にいるのを許してくれる。

過剰な愛を与えて甘やかしても、それを当たり前に享受することはない。きっちり線引きもするだろう。

長年培ってきた分析癖が役に立った。受け入れてくれるところと拒絶されるギリギリのラインを見極めることができたのだ。

彼女は「気持ち悪い」と言いつつも拒絶はしない。遥が一歩踏み込んだとしても、なんだかんだと許してくれる。

その心の広さと寛容さにどれだけ救われただろう。そして心春は与えられる分を少しでも返したいと思ってくれているのだ。

子供の頃から満たされなかった心にじんわりとした熱が広がっていく。

――甘やかすなんて宣言されたら、幸せすぎてどうにかなってしまう。

自分ができることを最大限に与えることで存在意義を見出していた。でも代わりに与えられることには慣れていない。

どう受け止めていいのかわからないなら数をこなして慣れるしかないだろう。

健《すこ》やかな寝息を立てる心春を見つめる。

彼女はこれからもずっと遥の隣にいてくれるだろうか。

――心春はひとりでも生きていけるけど、ひとりになったら生きられないのは俺の方だ。

完璧なんかではない、穴だらけの人間だ。常人を装っているだけで、心春という精神安定剤がいないとたちまち弱い自分が顔を出す。

脆くてかっこ悪い姿を晒しても、きっと心春なら受け止めてくれるだろう。そんなの今さらだと笑うかもしれない。

「心春、俺と結婚して？」

繋がった手にキスを落とす。なにも嵌《は》められていない薬指をそっと撫でた。

たとえ断られたとしても、遥は何度でも心春にプロポーズするつもりだ。諦めが悪いという
ことはきっと心春にもバレている。
――もうこの気持ちは病気みたいなものだな。
死ぬまで治らない病に似ている。いや、死んだ後も彼女への愛が冷めることはないだろう。

◆ ◆ ◆

遥は毎日朝六時に目覚めると言っていたけれど、さすがに体調不良のときは違うようだ。朝八時を過ぎても起きる気配はない。彼の寝顔を堪能できるなんて珍しい。

繋いでいた手は解けてしまったけれど、身体は密着している。いつの間にか遥に抱きしめられながら眠っていた。

顔につけていたマスクはどこかに消えている。多分私が外したのだろう。

熱くなってパジャマを脱ぐことはなかったのでほっとしたけれど、抱きしめられながら目覚めるのは慣れそうにない。

「ほんと、綺麗な顔をしてるよね」

鼻筋が通っていてまつ毛が長い。肌荒れをしているところは見たことがないかもしれない。

そういえばいつだったか、遥は肌が強いと言ったことがあった。なにか特別なことをしなく

ても美肌だなんて、女性を敵に回すような発言だと麻衣里と憤《いきどお》った気がする。

それからこの男の弱点はなんだという議論をして、結果「欠点は私に対してモンペなところ？」ということで落ち着いたのだ。

付き合ってもいない女性に対する過保護なまでの気遣い。いくら遙に憧れていても、なんでも私を優先する姿を見ていたら百年の恋も冷めるだろう。正直、遙はちょうどいいタイミングでドイツに行ったと思っている。

そっと背中に腕を回した。

着やせするけれど、高校までは運動部にいたから背中も肩幅もがっしりしていて、胸板が厚い。

こんな風にまどろむ時間が愛おしいことをはじめて知った。ずっとベッドの中で抱きしめながら眠れたら幸せかもしれない。

「ん……」

寝起きの声が鼓膜をくすぐる。吐息交じりの声が色っぽくて、心臓がドキッと跳ねた。

「遙、起きた？」

小さく囁くと、私の背中に回った腕に力が込められた。

ぎゅうぎゅうに抱きしめられるのは嫌じゃないけど、ちょっと手加減してほしい。

「……あれ、実体がある？」

「まだ夢の世界みたいだね。おはよう、具合は大丈夫？」

「……っ！　ももちゃ……いや、心春？」

「どっちでもいいよ。呼びやすい方で」

寝ぼけている遙が可愛い。少し焦ったような表情も珍しいだろう。

「熱は大丈夫そうだね」

額に触れたけれど平熱に感じた。やはり一時的に疲労が出たようだ。

「体調は大丈夫。それよりごめん、寝過ぎた。今何時……？」

「八時半だよ。たまには寝坊もいいでしょう？　日曜日なんだから」

私なんて土日は九時過ぎまで寝ていることも多い。毎朝六時に起きる遙の方がストイックすぎる。

「うん……そうだね」

ふたたび身体を抱きしめられる。

私も遙の柔らかな髪を撫でると、くすぐったそうにされた。

「なんか遙がベッドの中でまどろんでいるのってはじめて見るかも。いつも私より早く起きてるから、ひげが生えてるのも新鮮」

「ひげくらい生えるよ。でもまあ、俺はそんなに濃い方ではないけれど、気になる？」

ここで気になると言ったらすぐにでもひげ脱毛の予約を入れそうだ。

本人がしたいなら止めないけれど、私に言われたからというのはちょっと待ってほしい。

「ううん、新鮮ってだけでいいと思う。遙なら将来ひげを生やしたダンディーなおじいちゃんになれそう」

「じゃあひげ脱毛はやめておく」

思った通りだった。もはや呆れもしない。

「お腹減った？　食欲あるなら私が朝食の準備をしてくるから、ゆっくり寝てて」

「それなら俺が」

「だーめ、今まで遙は私の前でも頑張りすぎてたんだよ。お味噌汁とご飯くらいしか作れないけど」

気になるならコーヒーを淹れてもらうことで納得してくれた。

まだ少し寝起きでぽやぽやしている遙を置いて、手早く着替えと化粧を済ませる。

ご飯を炊いてお味噌汁と玉子焼きを作る。ちょっと形が不格好だけど、味は問題ないはずだ。

昨日買っておいた鯵《あじ》の開きを焼いて、梅干しと納豆をつけたら立派な和食になった。

「うん、私にしては上出来」

やる気のある週末の朝にしかできない朝食メニューだ。年に数回しか発生しない。

ご飯が炊けた頃、着替え終わった遙が現れた。昨日より顔色もいい。

「ごめんね、心春。全部作ってもらって」

「ごめんじゃなくて、ありがとうがいいんだけど？」

「うん、ありがとう」

素直でよろしい。はにかんだ笑みが胸をくすぐる。

遙にコーヒーを任せてダイニングテーブルに食事を並べた。いつの間にかこうして遙と家で食事をするのが当たり前になっている。

こういう日常が積み重なって、恋人から夫婦になっていくのだろうか……。「結婚」の二文字が頭に浮かんだけれど、いくらなんでもまだ早い。変に意識したら挙動不審になる。

「はい、コーヒー」

「ありがとう。遙も座って食べよう」

「すごくおいしそう」

遙は自分用のマグカップを置くと、その隣にもうひとつなにかをコトンと置いた。

「……遙君、それは一体？」

私の顔が手のひらサイズの透明なスタンドに貼りつけられているようですが。

「心春のアクスタ。パリの出張の前に届いたから、一緒に連れて行ったんだ。ホテルの食事とか、ひとりで食べるときは寂しすぎるから一緒にと思って」

「寂しすぎてって、え？　まさか堂々と私のアクスタをテーブルに置いて食べてたなんて言わないよね？」

その笑みが肯定している。私は眩暈がしそうになった。

「あとふたりバージョンのアクスタもあるよ」

遙はどこからかふたつ目のアクリルスタンドを取り出した。先日アフタヌーンティーで撮影してもらった写真が貼りつけられている。

「……まあ、ある意味女性除《よ》けにはなっただろうね」

イケメンがひとりで食事していたら視線を集めるけれど、テーブルの上にアクスタを置いて撮影する男だったらそっと視線を逸らすだろう。多分その反応は世界共通のはずだ。

とはいえパリの皆さんごめんなさい。目撃した人はギョッとしたかもしれない。

自分のアクスタが無断で作られていたことには呆れを感じるけれど、もう作ってしまったものは仕方ない。

「でも今後はアクスタ禁止ね。処分するのも面倒だから」

「処分なんてしないけど？　なんで捨てることが前提なの」

「いらなくなったり壊れたら処分するでしょう。捨てにくいものは作るべきじゃないと思う」

写真ならまだ破けばいい。でもアクスタは不燃ごみでは？　油性ペンで自分の顔を塗りつぶすのって微妙だな……。

「それなら公式からの配給で我慢しとく」

「まさか私からなにか提供しろってことじゃないわよね」

「そのまさかだね」

「彼女を公式扱いしないように。それと私は遙の推しにはならないから」

「え？　恋人って一番の推しじゃないの？」

きょとんとした顔でとんでもないことを……今まで私は遙に貢がれていたのかもしれない。

「長く一緒にいるけど、まだ価値観のすり合わせが必要みたいだね」

見た目のわりに味はおいしくできた玉子焼きを食べる。

このときはまだ、食後に遙と私のツーショットのアクスタを渡されるとは思ってもいなかった。


汚れた食器を食洗機にしまい、後片付けが終わった。

私用にと渡されたアクスタをどう扱っていいのかはわからないけれど、とりあえずバッグにしまっている。

これ、飾るべきなのかな……遙の顔だけならまだしも、自分の顔も飾るのか。ちょっと勇気いるかも。

「心春、今日は外に行く？　天気は微妙だけど」

荒れてはいないが曇り空だ。小雨が降ってくるかもしれない。

「遙は病み上がりなんだから家にいないと。買い物なら私が行ってくるから、必要なもの揃えてくるよ」

「それなら俺も一緒に行く。荷物持ちは必要でしょう」

「ダメ。今日は一日家に引きこもっているように。明日会社に行くならなおさらね」

平熱で問題なさそうだけど、まだ時差ボケも残っているかもしれない。

冷蔵庫のストックを確認する。今週一週間は自炊するなら、野菜類も必要だろう。

スマホで冷蔵庫と野菜ケースの写真を残しておいた。スーパーで迷ったら中身を確認できるように。

「夕飯は消化によさそうな鍋がいいかもね。野菜もたっぷりとれて」

「いいね、心春はなに鍋が好き？」

「私はなんでも。シンプルな寄せ鍋も、キムチや豆乳鍋も。あと鶏白湯《とりパイタン》もおいしいよね」

でも今夜は泊まらないので遙が食べやすいように準備だけすると告げると、わかりやすく不機嫌な声が届いた。

「は？　帰るの？　え、なんで？　俺を甘やかすと宣言したのに？」

「明日会社だし、通勤服もないから」

「うちから行けばいいでしょう。洋服はまだ家に残ってるのがあったよ」

じっとりした視線が直視しがたい。これではもう同棲状態ではないか。

遙は小さく嘆息した。

「俺は時間が許す限り君から離れたくないし、早く引っ越してくればいいのにってずっと思ってる。離れている間に心春の部屋に強盗が入ったらどうしようとも。ちゃんと防犯対策できてる？　俺があげた護身用グッズは携帯してるよね？」

あの防犯ブザーとスタンガンに催涙スプレーか。

普段の通勤バッグには防犯ブザーのみ入れている。

「一応、一部は」

「持ち歩いてないのはスタンガンとスプレーかな。かさばるもんね」

本当、この男にはすべてお見通しのようだ。私の嘘は通じない。

「今ここで帰られたら具合悪くなって寝込むかも」

「ちょっとそれはズルくないですかね？　遙君」

こちらが下手に出ていたらつけあがるとは。私は病み上がりの人間を無茶《むちゃ》させたくないだけなのに。

「酷いのは心春の方だよ。俺をぬか喜びさせて舞い上がらせて、本当手のひらで踊らされるってこういうことなのかってぞくぞくするし」

「単語のチョイスに気を付けてもらおうか」

振り回されるのがうれしいなんて、とんだマゾ発言だ。

「ねえ、心春ちゃん。俺はちゃんと待てができていたでしょう？　君のペースに合わせて少しずつ触れ合いを増やしていったけど、いつまで我慢したらいいのかな」

「っ！」

キスも一週間以上していない。それは当然遙が出張で不在だったから。

「帰国したら真っ先に恋人の熱を感じたくてたまらないのを我慢していたんだけど」

「熱出して家に来るなって言ったのはどこの誰ですかね」

「俺だね。本当は一分一秒でも早く心春の顔が見たかった」

そして遙は弱みを見せたくなかったから、私に体調不良を隠していたのだ。

完璧な姿じゃないと愛してもらえないのでは？　と不安を覚える理由はまだわからないけど。どこか脆さを感じさせる人を手放すことはできない。

「開き直った遙は無敵だね……」

「なにそれ。うまくいかないことばかりでもどかしいよ」

甘え方がわからないと言っていた男と同一人物には思えないほど、あれこれ要求されている気がする。

でも困ったことにそんな遙が嫌じゃないどころか、愛おしいと思ってしまうのだから私も大概重症なのだろう。

ソファに座る遙の膝に自分から座った。重いという苦情が来ない限りクッション代わりにさせてもらう。

「私に触れたいんだったら好きなだけ触ってもいいけれど」

「え……⁉」

「でも焦らされて途中までで我慢させられる方が辛くない？　私は男性のそういう欲求がどの程度なのかはわからないから」

「これ以上の焦らしプレイをするつもりなの？」

眉間に皺を刻んで耐える姿がいじらしい。ほんのり目尻が赤くて、瞳も潤んでいるようだ。

なんだろう、この感覚は。もっとこの顔が見たいけれど、それはあんまりかもしれない。

可哀想《かわいそう》で可愛いという感情なんて今まで抱いたこともなかったのに、遙を見ていると新たな自分に目覚めてしまいそう。

「意地悪を言ってるわけじゃないからね。ただほら、明日は平日で私はこういうことに不慣れというか、初心者なので……仕事に支障をきたしたらいけないから」

はじめての夜は翌日が休みの日。つまり金曜日か土曜日限定でお願いしますと告げると、遙はふわりと微笑んだ。その表情はどことなく腹黒い。

「夜じゃなくていいんじゃない？」

「え？」

「セックスは夜にするものと決めつける必要はないよね」

……おかしい。先ほどまでは私が優勢だったはずなのに、今は何故かこちらが劣勢な気がする。

「まだ午前中だし、今から三回したとしても十分体力の回復は見込めるよね。睡眠も確保できる」

「え……？　いきなりその回数っておかしくない？」

「少ない？　なら五回」

「待って！　話し合おう！」

ちゃんとした話し合いの場を設けよう。恋人同士のこういう会話は気恥ずかしくて先延ばしにしていたかもしれない。

「その、遙は私を抱きたいの？」

テンパりながら口から飛び出たのはあまりにも直接的な質問だった。

「心春ちゃん。愚問すぎて、呆れを通り越して怒りすら覚えそう」

「ひっ！　ごめん！　違うの、ちゃんと遙にだって性欲はあるって知ってるから、ちゃんと男性なんだなとは思っていたけれど」

「異性として意識されたのが最近だと思うと涙が出そうになる」

でも下手に異性として意識していたら、私は頻繁に遙と飲みに出歩いたりご飯にも行かなかっただろう。彼もそれを理解しているので、心地いい関係性のままでいた。

「いつまでもプラトニックな関係でとは思っていないけれど、せめてあと三キロ落としてからとか思ったり」

「ダイエットに成功するまで待つのは却下。あと痩せる必要もないから」

「……っ！」

お腹に触られた。ぷにっとした感触が服越しに伝わったことだろう。

「柔らかくて可愛い」なんて言うけれど、私の顔は真っ赤になった。皆の視線を奪うような美男子にこの身体を晒していいものなのか。

「……あと、きちんと好きを自覚してすぐにそういう関係になったら、心臓が爆発するかもしれないし……」

ごにょごにょと往生際が悪いことを告げた途端、遙の動きがピタッと止まった。

「今なんて？　俺のことを……なに？」

「遙、圧が強い」

瞬きもせずに見つめられるのはいくら遙でも怖いのですが。

でも観念して、ちゃんと彼に向き合うことにした。

「胡桃沢遙君が好きですよ。その、ちゃんと男性として。恋愛的な意味で」

「……」

「お付き合いを無期限に延長してもらえますでしょう、か……わあっ！」

身体を抱き上げられた。無言で二階に運ばれる。

「ちょ、遥⁉」

「しまった、録音するのを忘れてた。さっきの告白はもう一回聞かせてほしいけれど、それはまた後にしよう」

寝室に連れて行かれた。さすがにこの状況がなにを意味しているかがわからないほど初心ではない。

「遥君、落ち着こう！」

「無理。本当もう限界」

「でもほら、病み上がりだし！」

「すっかり全快してるって言ったでしょう。それに俺のことをこんなにした責任は心春にあるんだから」

「……っ！」

声にならない悲鳴が漏れる。窮屈そうに盛り上がった局部から目を逸らした。

ベッドに横たわる私に覆いかぶさってくる遥の目は、今まで見たことがないほどの劣情を宿している。

「心春、俺のことが好きって、親愛や友愛の意味じゃないって信じていいんだよね？　男として俺を愛してくれる？」

「愛……って言葉に収まるのかはわからないけれど、私は遥のことが特別で大事だよ。傍にいたいし支えたい。甘やかされるのも好きだけど、甘えてほしいって思う」

弱ってるときや悲しいときは隣にいたいし、真っ先に私に頼ってほしい。今回みたいにひとりで辛いのを我慢せずに、いつも相談してもらえる人になりたい。

思いの丈を素直に告白した。

こんな風に誰かひとりと向き合うことは生まれてはじめてだ。

「この気持ちを愛って呼ぶなら、私は遙を愛してるんだと思う」

「……ッ」

真っすぐ気持ちを伝えた直後。動かなくなった遙の目からぽろりと涙が零《こぼ》れ落《お》ちた。

「え……!?」

まさか泣かせるとは思わなくて、反射的に身体を起こす。

「ええ、大丈夫？　ごめんね、私なにか変なこと言った？」

「ちが……ごめん。あれ、なんでだろう」

大人の男の人が泣く姿をはじめて見た。ドキドキと戸惑いが交ざり合う。

ベッドに座ったまま咄嗟に遙を抱きしめた。私ができることは落ち着くまで抱きしめることだけ。

私より身体は大きくて力だって強いのに、今は庇護欲みたいなものが刺激されている。

私が遙を守らなくてはという感情も愛の一種だろうか。

「情けなくてごめん」と謝られたけれど、こんなことで呆れるわけがない。

「なにも情けなくないでしょう。だって今のはうれし涙ってやつだよね？　拒絶の涙じゃないならたくさん見せてほしい」

それに遙の泣き顔も息を呑むほど綺麗すぎた。このままドラマや映画のワンシーンで使えそうなくらい。

「うれし涙……そうか、はじめてだ。こんな風に感情が溢れて涙が出るなんて」

ギュッと背中に手が回る。抱きしめられているのに縋られているみたいで、胸の奥から愛おしさがこみ上げる。

彼は人前で泣いたのははじめてだと言った。そして泣いたときに抱きしめてもらえたのも。

「うん、そっか」

相槌《あいづち》を打ちながら遙の背中をさする。先ほどまでは貞操の危機だと思っていたけれど、今ではそんな淫靡《いんび》な空気は感じない。

もしかしたら遙の幼少期は、私が考えていたよりも寂しいことが多かったのではないか。時間をかけて彼の昔話も聞いてあげたい。

寂しがり屋な遙の心の隙間を少しでも埋められたらいい。私程度ではほんの少ししか役に立たないかもしれないけれど、これからも寄り添うことはできるはず。

「聞いてほしいことがあったらいつでも話してね。私は遙の味方だから」

「味方……ありがとう」

精神的に支え合える味方でありたい。もちろん私が遙に寄り添うことも多いだろう。無意識に過剰なほどの愛を与えたがる男だから、少しずつ加減を覚えてほしい。

「遙、好きだよ。大好き」

濡れた頬にキスをする。ほんのり赤く染まった目尻や額にもキスをすると、遙の涙はいつの間にか止まっていた。

「あの、もう大丈夫だから……」

「うん」

「本当困る。そんなにファンサされると、どうしていいかわからなくなる」

そっと視線を外された。バツが悪いようだ。

まさか好きだと言う告白をファンサービス扱いされるとは。重症すぎて笑ってしまった。

「ファンサではないんだけどね。私はアイドルではないので」

でもそんな風に照れる顔に心臓が撃ち抜かれそうだ。かっこいいのに可愛いってどういうことなの。

「あまり俺を甘やかさないで」と苦情を告げてくる遙を思わずグイッと押し倒した。私の欲望のスイッチが入ったみたいだ。

「心春？　なにを……」

「なんか我慢ができなくなっちゃった。遙が可愛すぎてもっと愛《め》でたいし甘えられたい」

「だからってこの体勢は……ま、待った、そんなにキスしないでっ」

唇以外にたくさんキスを落とす。首筋にした瞬間、彼は大きく息を呑んだ。

「心春ちゃん……！」

「遙、覚悟はいい？　今なら私が遙を襲えるかも」

男性を襲ったことなんて一度もないけれど。むしろ押し倒すこともはじめてだけど。

遙は今まで見たことがない微妙な顔をした。

苦悩と煩悩が交じった表情で、今にも深々と溜息を吐きだしそうだ。

「念のため訊くけど、それどういう顔？」

「ものすごく気になるし襲われたいけれど、長年の片想《かたおも》い相手で処女に主導権を握られるのは男としてどうなのかと、プライドと苦悶《くもん》の葛藤が交じっている顔」

わかりやすい説明は思った通りだった。両手で顔を覆いだしている。

「私相手に男のプライドとかはいらなくない？」

「男は好きな人の前では見栄《みえ》を張りたくなる生き物なんだよ」

私のアクスタを堂々と飾る男にプライド云々《うんぬん》と言われても……と思うけど、口には出さないでおく。

本当、こんな風に照れる遙を見るのがはじめてで、私の胸のトキメキが治まらない。

「遙、手をどけて。じゃないとキスができない」

「……君はどれだけ俺を振り回したいんだ」

そっと遙の手をずらす。目の奥に宿る熱を直視して、ぞくっとした。

僅かな躊躇いを突かれて後頭部を引き寄せられた。腰に腕が回り、唇が合わさった。

「ン……！」

身体も唇も密着する。遙の上に体重をかけたら重いだろうに、彼は私をどかすつもりはないらしい。

無遠慮な舌が口内に侵入した。舌先を引きずり出されて絡められるだけで、お腹の奥からムズムズするようなもどかしい熱がこみ上げてくる。

「……っ」

酸素を求めて唇を離そうとするけれど、遙の手ががっしりと後頭部を掴んで放さない。何度も角度を変えて深くキスをされて、じんわりと生理的な涙が溢れてきた。

「は……ぁ、はる、か……」

「ん、可愛い。そんなとろんとした目で見つめられたら、俺の方が貪りたくなる」

唾液で濡れた唇が目尻に触れた。しっとりとした感触が生々しくて、心臓がドキッと跳ねる。

「それで、俺を襲いたいんだっけ？　こんなにトロンとした顔で？」

身体が反転した。形勢逆転だ。

遙は私に覆いかぶさると、カットソーの裾に手を差し込んだ。

「あ……っ」

直接腹部を撫でられる。遙の大きな手で触れられているだけで、肌が粟立ちそうだ。

「俺のことはいつでも好きにしていいけれど、今日は譲って」

そう告げた遙は私の服を手際よく脱がせた。鮮やかすぎて唖然《あぜん》とする。

「ちょっと待っ……」

「無理。ごめん、もう待てない」

「……っ！」

ブラのホックを外された。まろび出た乳房にそっと触れられる。

「ひゃ……んっ」

「可愛い。すごく綺麗だ」

胸の感想なんて言わないでほしい。自分と他人の胸など比べたことがないからわからない。

どんな下着を身に着けていたか気にする余裕もなかった。一応、遙に見られても恥ずかしくないものばかり選んでいたけれど、彼の好みかどうかはわからない。

両胸をすくい上げられながらふくらみに口づけられた。宝物を扱うようにそっとキスをされると、ぞわぞわとした震えが止まらなくなる。

「あぁ……ん」

胎内に熱が籠もる。下腹が疼《うず》いて、少し脚をすり合わせるだけで淫《みだ》らな水音が響きそう。

遙はそっと胸の頂に触れた。指先で撫でただけで、私の腰がビクッと反応する。

「敏感だね、可愛い」

「……ッ」

肌に吹き込むように囁くのはやめてほしい。

「可愛くなんて、ないから……っ」

「なんで？　俺には心春の全部が可愛くてたまらないんだけど。暴走しないように食い止めるので精いっぱいだ」

理性なんてすぐにでも千切れると言いたげだ。彼の額にじんわりとした汗が滲んでいる。

「服に隠れるところに痕をつけたいけれど、今はまだ我慢する」

チュッ、と乳房にキスをしてリップ音を奏でた。そのまま舌先が移動し、存在を主張する赤い実を舐められる。

「ンァ……ッ」

「ここも可愛い。すごくおいしそう」

片方の胸の頂を口に含みながら、もう片方は指先で弄《いじ》りだした。ビリビリとした電流が背中を駆ける。

胎内に溜まった熱の逃がし方がわからない。唾液で濡れた赤い実が淫らすぎて直視できそうになかった。

先ほどまで強気だった自分が嘘みたいだ。可愛い遥を襲いたいだなんて、生意気言ってすみませんでしたと土下座したいくらい、今の遥は色気魔人である。

舌と指で翻弄される。空いた手で腹部を撫でられると、本能的にこの先の刺激を期待した。

「ンン……ッ」

じゅわり、と蜜が零れた感覚が気持ち悪い。下着はもはや使い物になっていないだろう。

ニットのタイトスカートをずらされる。「腰を上げて」と命じられて、恥ずかしさに悶《もだ》えながら応じた。

「どうしよう。俺、童貞に戻ったかもしれない」

「どういう告白？」

やっぱり遥は童貞じゃないよね。

ほんの少し落胆する気持ちもあるけれど。でも嘘みたいにモテる胡桃沢遥が清らかな身体だった方が驚きだ。

遥は手早くシャツを脱いで上半身裸になった。私の片手を握り、心臓に触れさせる。

「……すごくドキドキしてるね」

「うん、正気じゃいられないと思う」

その告白はどうなのだ。理性を失った成人男性を受け止められるほど、私は頑丈ではない。

「傷つけないように気を付けるから……でも俺が暴走しそうになったときは鳩尾を蹴って」

「できないから！　というか、あの今さらだけど、シャワーは……」

寝室には太陽の光が入っている。

まだ真昼間の時間にこんなことをするなんていかがなものか。私の裸も丸見えというのも恥ずかしいし、できれば直視されたくない。

「一緒に入ったら襲う自信があるけれど。はじめてはうちのお風呂場がいいの？」

「別々で入ればいいだけかと」

「無理。諦めて」

この場を逃がすことはしないと、その目が語っている。これ以上の我慢をさせたら骨の髄までしゃぶられそうだ。

「じゃああまり見ないでね」と懇願したが、それも却下された。濡れたショーツを脱がされるのがものすごく羞恥心を煽ってくる。

「後で手洗いしておく」

「洗濯機でいいから！　というか私が洗います」

ムードなんてどこへやら。でもここではっきり否定しておかないと、遙はやると決めたら有言実行の男だ。ドロドロになった下着を洗われる羞恥と屈辱は味わいたくない。

視線だけで犯されている気分になってきた。

遙の色素の薄い目の色が私をじっくり眺めている。

「あまり見ないで……」

「ごめん、無理。綺麗すぎて呼吸を忘れそうになる。俺が触れていいの？　って、自問自答してた」

答えはなんて出たんだ。だがここで「やめておく？」と言ったら、今度は悲愴《ひそう》感たっぷりな顔で絶望を訴えられるかもしれない。

「あ、そうだ。避妊は……」

「大丈夫、用意してある」

ベッドのサイドテーブルから避妊具の箱を出された。そんなところに入っていたとは思わなかったけれど、チラリと見えた箱の数は多くなかったか。

「先週生理が終わったけれど油断するべきじゃないし、ちゃんと避妊はするよ。とはいえ絶対安全とは言い切れないけれど」

コンドームの避妊の確率は百パーセントではない。破れることも外れることもあるだろう。

遙は淡々と、「挿入したまま出さないのが一番だと思う」と言った。

大事なことを話しているのに、私の頭の中では何故先週生理が終わったことを把握してるんだっけ？　と考えていた。

「忘れたの？　周期を管理するアプリで共有してること」

そういえばなにかのついでにいくつかのアプリを共有した気がする。

でも面倒くさくなって遙に丸投げしていたような……。あの共有したアプリの中に生理周期のものまで入っていたとは。相変わらず抜け目がない。

「他に懸念は？」

「目の前の人が一番の不安の種かもね」

遙を出し抜ける気がしない。周期は把握してもらっていた方が楽ではあるが。

「それなら不安を消さないと。恥ずかしくなったら目を閉じててもいい」

額と目の横にキスを落とされた。

ささやかな触れ合いが私の官能を表面に引きずり出す。胸や腹部に触れられて、その手が太ももをなぞった。

「ん……っ」

「はあ……心春はどこも柔らかくておかしくなりそう。ずっと触れていたい」

いやらしく触れられたら無意識に腰が揺れてしまいそうだ。

「あぁ……ン」

太ももの内側を甘く噛まれた。そのままきつく吸い付かれる。

「遙……っ」

「すごくいやらしい。心春の太ももにまで蜜が垂れてる」

「……ッ！」

見ないでほしいと懇願しても無駄だろう。遙はどこかうっとりした表情で私に触れている。

「舐めてもいい？」と訊かれたときは反射的に拒絶していた。どこを、とは言われなくても伝わるものがあった。

「ダメダメ！　汚いところは絶対無理ッ」

「残念。じゃあ綺麗にした後にとっておこうか」

お風呂上りなら問題ないとは言っていないのだが、今はしないことに安堵する。

「ひゃあ……っ」

自分でも滅多に触れないところに触れられた。恥ずかしい蜜を滴らせる場所に遙の手が触れているのだと思うと、顔から火が出そうになる。

「あ、ふぁ……っ」

もどかしいくらい優しく割れ目を撫でられた。ぞわぞわとした震えが身体中を巡る。

「熱いね。ゆっくり触れるけどいい？」

了承を得なくても触れているくせに、こういうときは確認するなんてズルい。この先に進んでもいいのかと訊いてくれる誠実さはうれしいが、こちらは羞恥心でどうにかなりそうだ。

頷いたのを確認後、遙の指が狭い隘路《あいろ》に挿入された。

「ン……ッ！」

愛液でぬかるんだ場所はすんなり彼の侵入を許した。異物感は特になく、二本目まで飲み込んだ。

「痛い？　大丈夫？」

「まだ、平気」

私の様子を確認しながら進めてくれる。あんなにも我慢はできないと言っていたわりに、遙は決して自分本位ではない。

額に滲んだ汗を見たら随分やせ我慢をしているのに。いじらしさに胸がギュッとなりそう。

膣壁を擦られる感触はあまり慣れない。ぞわぞわしたなにかがせり上がりそうだ。

快楽の逃がし方を習得していないから、どうしていいかわからない。

「あ、遙……もう、いいから。一思《ひとおも》いにやっちゃって」

遙の目に剣呑《けんのん》な光が浮かんだ。隠しきれない劣情とは別の感情が垣間見える。

「一思いにって、そんな心春が傷つく真似なんかできるはずがない。俺は確かに理性なんて紙切れ同然だと思っているけれど、好きな女性に痛い思いはさせたくないんだよ」

最初から気持ちよくなれるとは思っていない。でも遙は最大限努力をしようとしている。

「ごめん……」

「うん、わかってくれたならいいよ。でもまあ、俺の限界はすぐそこまで来てるんだけど」

三本目の指を挿入されると、ピリッとした痛みを感じた。引きつれるような痛みはすぐに気にならなくなったが、はっきりとした異物感がある。

「狭くて熱くてたまらない。ギチギチに吸い付いてくるね」

「わかんな……」

「無意識だから仕方ない。でも心春、自分で弄ることは？」

自慰行為はしたことがあるかと確認されたが、私はほとんど性欲がないのだろう。正直にないと答えると、遥は深く息を吐いた。

「想像以上に清らかすぎて困るな」

「幻滅した？」

「違う、逆。これから俺が穢すのかと思うと興奮しすぎて血圧が上がりそう」

身体に負担がかかるようであればここでやめておこうか。

だがそんな提案をしたら今度こそ遥はどんな表情をするやら。理性や常識の糸がプツンと切れるかもしれない。

監禁とかされたくないので、余計なことは言わないようにする。私が真っ当な人間として隣で支えるんだと意気込んでいる間に、遥は避妊具を装着していた。

「……あまり見られると俺も照れるんだけど」

「遥、それなに？」

なにと言われた方も困るだろう。臨戦態勢になった男性器としか言いようがない。

でも私が想像していたものよりご立派なそれは、ちょっと予想外すぎた。

「この間触ったこともあるのに？　まじまじと見られるともっと興奮する」

「それ以上大きくなるってこと？　無理だから、もうちょっと小さくして！」

処女には負担が大きすぎる！　どう考えても私には受け止めきれる気がしない。

「小さくするには吐き出さないと」

それはその通り過ぎるのだけど、私のキャパはもういっぱいだ。

さっきは一思いにどうぞって考えていたけれど、もう少し段階を踏んでから進むべきではないか。

「心春ちゃん、観念しようか」

「台詞が悪役じみてません⁉　って、あ、待っ……ンン――ッ！」

蜜口に熱い杭《くい》が押し当てられた。泥濘《でいねい》にグプン、と入り込んでいく。

「あ……っ、んぅ……おおき……」

裂けてしまうかもしれないと思ったけれど、予想外に私の身体は遥を受け入れる準備が整っていたようだ。

先端をなんとか飲み込むと、少し苦しさが軽減された。引きつるような痛みはあるけれど、流血沙汰にはなっていないだろう。

「痛い？　大丈夫？」

吐息交じりの声がまた色っぽい。

遙は凄絶な色香を振りまきながら私の顔を覗《のぞ》き込《こ》んだ。

「ん……めちゃくちゃ痛くはない、けど……すごい変な感じ……」

身体の内側から圧を感じるなんて体験ははじめてだ。しかもまだ全部を受け入れたわけではない。

「血が出たらごめんね。俺が全部面倒をみるから」

でも途中で止めることはできないと謝罪された。確かに、ここでストップをかけるのは残酷である。

後始末以外の面倒をみるというのはどこまでを想定しているのかが気になったが、ごちゃごちゃ考えられるのもここまでだった。

遙の腰が押し進められていく。

ズズ……ッとゆっくり挿入されると、その圧迫感に呼吸まで奪われそう。

「アァ、ン……ッ、はぁ……っ」

最奥に到達した頃には疲労困憊《こんぱい》だった。息をするのも怠くて下腹がズクズクする。

「心春、苦しいよね。ごめんね」

遙は私の額に貼りついた前髪をそっとどけてくれた。

優しい手つきが温かくて、無意識にその手に頬を摺《す》り寄せた。

「……っ！　そ、んな可愛い反応を見せられたら困る」

遙の頬も赤い。彼の額に浮かんだ汗に触れる。

「……なんかね、内臓を圧迫されてるのが苦しくて気持ち悪いんだけど」

「うん、そうだよね。ごめんね」

「でも、遙が中にいるのがうれしい」

好きな人と繋がれた喜びをはじめて体験できた。精神面だけではなく肉体でも繋がれたことで、より深く幸せを実感している。

身体と心は密接しているというのを自覚した。心が満たされれば身体も繋がりたくてたまらなくなるようだ。

「遙がはじめての人でうれしい。ありがとう」

セックスは心を許した人としかできない。まさしく愛の営みなのだ。

「……っ！」

……ん？

動かずじっとしていた遙の欲望が、心なしか一回り大きくなった気がする。

彼は深々と溜息を吐いた。

「ねえ、心春ちゃんは俺をどうしたいの。萌え死にさせたいの？」

唸《うな》り交じりに物騒なことを言い出した。萌え死にとは一体？

「あの、ちょっとお腹の圧迫感が……」

「苦しいよね。うん、俺だってこんなに煽られるなんて思わなかった。まったくどうしてくれるんだろうね」

「ひゃあ！」

下腹を撫でられた。中と外から圧迫されて、よりダイレクトに遙の存在を感じる。

「俺だって心春のはじめてを貰えてうれしくてたまらない。君の最初で最後の男になると決めている。他の男を知る必要はまったくないから今後一生死ぬまで来世でも俺だけを覚えていてほしい」

「最後、一息で言い切る台詞じゃなくない⁉ ってか来世ってなに！」

死んだ後の話をされるなど物騒極まりない。あれか、生まれ変わっても一緒になろうという約束なのか。

「俺はこの先ずっと、心春を手放すつもりはないから」

「ん……っ」

頬に手を添えられて、唇が合わさった。

繋がったままキスをされるとより一層遙を強く感じた。

「ふぁ……んっ」

粘膜を擦られると思考がふわふわと溶けてしまう。頭は靄《もや》がかかったように働かず、本能が貪欲に快楽だけを求めている。

遙はゆるゆると腰を動かした。みっちり埋まった屹立が膣壁を擦る。

「んぅ……っ」

内臓を押し上げる苦しさは未だに残っているのに、ぞわぞわとした快感がせり上がってきた。それが気持ち悪さを凌駕《りょうが》する。

コツン、と奥をノックされると脳天を貫くような電流を感じた。胸の頂も刺激されて、身体中が性感帯になったかのよう。

「はぁ……っ、はるか……」

飲みきれなかった唾液が唇の端から顎に伝う。それを遙は舌先でぺろりと拭った。

「幸せすぎて眩暈がしそうだ。さっきからずっとクラクラしている」

互いに余裕なんかない。遙はもっと激しく貪りたいのを我慢している顔だ。

初心者相手にがっつかないようにと、最低限の理性を残しているのだろう。そんな気遣いが伝わってきて、胸の奥がきゅうっと収縮した。

「……っ！　心春、煽らないで」

「え？」

心臓が高鳴ったと同時に中の雄を締め付けていたらしい。無意識の行動を咎《とが》められてもどうしていいかわからない。

「もういいよね？　激しくしても」

艶めいた笑みが不穏すぎる。

濃厚なフェロモンをまき散らしながら、遙は私の片脚を肘にかけた。

「きゃあ……っ！」

パチュン、と肉を打つ音が室内に響いた。

卑猥《ひわい》な水音は耳を塞《ふさ》ぎたくなるほど恥ずかしい。結合部は直視できず、咄嗟に目を閉じる。

「心春、ちゃんと俺を見て。俺だけを見てて」

「む、り……はずかしい……」

「ああ、恥ずかしがる姿もたまらない。なんでそんなに可愛いのかな」

独白に近い呟きだ。私を可愛いなんて言ってくれるのは遙しか知らない。

身体を揺すぶられて、断続的な嬌声《きょうせい》が漏れる。

自分の口から甘い声が響くのもどうしようもないほど恥ずかしい。でもそんな姿を見せられる相手が遙でよかったと思う。

激しく律動されて荒波に攫《さら》われそうになる。胎内に籠もる熱が出口を彷徨っているみたいだ。

「ン、ンァ……ッ、はぁ、あんっ」

「心春、ごめん……もう保たない」

何度もこくこくと頷いた。私も同じく体力の限界が近い。

遙は吐精寸前で手早く分身を抜いた。

「ク……ッ！」

身体に埋められていた熱が失われた。途端に喪失感に襲われる。

目尻に溜まった涙が零れた。苦しいのに満たされていたものが消えるのは寂しい。

「身体は大丈夫？」

手早く避妊具を処理した遙が振り返った。私に見せない配慮はこういうときでも紳士的だ。

「ん……怠いけど、大丈夫。でもまだ遙がいるみたいなのに、いないのが寂しいね」

無意識に下腹をさする。さっきは硬いものが入っていたのに、今は自分のお腹の感触しかしない。

「……っ！　心春、そんな仕草をどこで覚えたの」

なにを言っているのだろう。思考がまだうまく働かない。

「遙？」と名前を呼ぶと、彼は素早く新しい避妊具を手に取った。

「二回戦に入ろうか」

歯で封を破る仕草がワイルドだ。

そんな表情も憎らしいほど魅力的だけど、言われた台詞は聞き流せない。

「……あの、普通は初心者相手には一回で終わるものでは」

「無理。最低三回は頑張って」

雄々しく反り返った肉棒が視界に入った。

ビキビキと血管が浮かんだグロテスクなそれは、先ほど見たときよりも凶悪に見えた。

「え、ええ？　待って、なんでもう復活してるの？」

「心春が可愛すぎるから」

「男性はすぐに臨戦態勢に入れるものなの……？」

「さあ、それは個人差があるからなんとも言えないけれど」

そりゃそうだけど、遙はどうなのだ。そんな風に何回もできるのって十代や二十代前半の若者だけではないのか。

今年三十一歳の男はまだ若い部類に入るのかはわからない。それも個人差があると言われてしまえばその通りである。

「まだお腹は空いてないよね。あと二回頑張ったら昼食にしようか」

「いや、私、もうお腹いっぱいで……」

「俺はまだまだ満たされていない」

「あぁ……んっ！」

今度は難なく遙を奥まで飲み込んだ。切なさを訴えていた中が満たされて、途端に充足感を味わう。

「……！」

「……っ、心春、またそんなに締め付けたら……」

繋がったまま身体を起こされた。遙のあぐらの上に乗せられて、身体の奥深くで彼の雄を感じ取る。

「アァ……ッ！」

視界がチカチカする。強すぎる快楽が押し寄せてきて、眩暈がしそうだ。

「やぁ、これ、ダメ……っ」

「それはまだ慣れてないからだよ。俺はこの体勢が一番好きだな。こうして抱きしめあえてキスもできて、心春が主導権を握ってる」

主導権を握っているようでいて、私はそれを使いこなせない。

上に乗ったまま腰を上下に揺さぶり、気持ちいいところを探るというのは高等技術が必要なのだ。

でも遙の顔が間近にあるのはうれしいかもしれない。キスがしやすいという利点はある。

「重力が辛いけど……抱き着けるのはうれしい」

すぐ近くにある遙の耳をかぷっと齧《かじ》った。途端に彼の身体がビクッと反応する。

柔らかな髪を撫でて、引き締まった背中もさする。耳たぶを甘噛みしてちろりと舌先で舐めた。

「……っ！　君は本当に」

ふう、と大きく溜息を吐いた。ズクン、と中に埋まる遙の欲望が一回り肥大した。

「ひゃあっ！」

腰を上下に揺さぶられる。胸が揺れて少し痛い。

「油断した。可愛い悪戯《いたずら》が好きだなんて、本当に困りものだな」

「ん、なに、を……言って……っ」

「心春ちゃん。俺を攻めたいなら、抱き潰される覚悟でやってね」

それは最初に言っておくべきでは……⁉

攻めたいという気持ちがあったのかはわからない。でも私も遙を気持ちよくさせたいという願望が根底にあったのだろう。

「遙も、気持ちよくなってほしくて……」

「ありがとう。十分気持ちいいから、本当余裕を奪わないでくれ」

抱きしめられながら揺さぶられる。逞しい腕の中に閉じ込められるのが心地いい。

二回戦は繋がったまま避妊具越しに精を吐き出した。それほど切羽詰まった状態だったようだ。

「……少し落ち着いたけど、まだ足りない。でも次はお風呂に入ろう」

「まさか、お風呂で……？」

お風呂で初体験はハードルが高いと言っていたのは夢だっけ？　あれ、三回目ならセーフとか思ってる？
抵抗虚しく身体を抱き起されて、浴室に運ばれた。
日曜日は今まで体験したことがないほど淫らで怠惰な一日になった。

第六章

六月下旬。毎年夏のボーナスが入った後には憂鬱《ゆううつ》なイベントがやってくる。

ただでさえ梅雨の時季で毎日じめじめしていて鬱陶しいというのに、六月には中間査定という名の面談があるのだ。

年始に立てた目標の進捗《しんちょく》状況と達成率の報告に、年内に予定している研修の出席等、話すことは盛りだくさん。こちらから伝えるだけでなく、上司からの中間評価を聞かされる日なので、正直気が進まない。

この時期になると人事の麻衣里もピリピリしている。というのも評価方法が数年ごとに変更されるため、人事部への問い合わせが殺到するからだ。

「今のところ業務も安定してますし、特に問題なさそうですね。桃枝さんは八月に外部の研修が二日間入ってますね。オンラインでもできるそうですが」

彼は私の上司の笹倉さんだ。年齢は三十代後半で、一見堅物インテリ系に見えるけれど案外おちゃめでいい人である。

部下の話もきちんと聞いてくれるし、困ったときに頼りがいのある上司だ。

「研修はオンラインで参加したいと思ってます。休憩時間にメールチェックもできますので」

「そうですか、わかりました。研修期間中の不在についてはまた後日話し合いましょう。それで次は直近の業務についての相談なのですが、来月海外から役員が数名来日するのはご存知《ぞんじ》ですよね」

「はい、メールが来ていましたね」

まあ、下っ端の私には無関係の話である。

やたら長い横文字での役職も正直覚えられないし、直接挨拶をすることもない。

「それでですね、過去の三年分のうちのデータを見たいと言われてまして」

あれ、矛先が変わってきた。

「毎年作成してるデータですよね？　それを少し見直して提出すれば問題ないのでは……」

うちの部署が見せられるＫＰＩ……いわゆるビジネスの目標を数値化したものはそう多くはない。コストの換算や達成率、納期の順守率程度しか見せられないのだ。

「上の人たちは数字を見るのが好きなんですが、日本円だとイメージできないからユーロかアメリカドル換算のグラフが見たいと言われてまして」

「ええ……でもグラフの推移は変わらないですよね。金額は脳内で換算してほしいのですが」

そのくらい得意でしょう。数字が好きなお偉いさんたちなら。

笹倉さんは苦笑した。

「それには同意します」

とはいえ、求められればなにもしないわけにはいかない。なにかしら修正した跡を見せる必要がある。

「為替《かわせ》の問題はどうするんですか？　三年分の平均を使うのもおかしいですよね。前年との比較としてデータを見たいだけであれば、わざわざグラフの目盛りを弄る必要はないかと。例えば補足説明として、大きな数字のみユーロとアメリカドルのレートでいくらと表記しておいたら十分じゃないかなと思います」

私はあまりエクセルの計算式を触りたくない。

「では今月一日の為替レートで換算して、それをグラフに明記しておきましょうか。データ自体に手は加えなくていいです」

すんなり方向性が決まってよかった。

ようは理解しやすくすればいいだけなので、やりようはいくつでもある。

今週中に作成して笹倉さんに渡すことを伝えたが、まだ面談時間は十分ほど余っていた。

「ちなみに桃枝さんは来月の記念パーティーには参加されますよね」

「はい、おいしいご飯とお酒がついてくるのであれば参加しますよ」

七月中旬にホテルの立食パーティーが行われる。

我が社が創業百周年を迎えたことで、その日の仕事はお昼までと通達されていた。

もちろん参加費は不要だし、参加も任意で強制ではない。

でも他部署との関わりがない人たちは、こういうときに積極的にイベントに参加してコネクションを作っていく。私は完全にご飯目当てで行くつもりだ。

あと不参加の場合は仕事をしないといけないので、それは避けたい。

「そうですか、わかりました。では参加で○をつけておきます」

笹倉さんの視線が微妙に泳いでいる。なにか葛藤でもしているような……。

じっと見つめていると、彼はすんなり白状した。

「部下の女性にあまりプライベートなことは訊くべきじゃないと思っているので、不快な思いはさせたくないのですが」

「そんなに改まってどうしたんですか。別に私はなんとも思いませんよ」

普段から気遣いができる相手からプライベートな質問をされても、世間話程度にしか感じない。とはいえ、昨今では特にコンプライアンスが厳しいので、発言に気を付けるに越したことはないけれど。

「実は複数の社員から、胡桃沢君の参加の有無の問い合わせがあったそうなんですが……当の本人が、桃枝さん次第と答えたそうでして」

「え？　あ～……」

思わず遠い目になった。めちゃくちゃ言いそうだ。

まだ出席の締め切り日まで時間があるからか、遙から訊かれてはいないけれど。まさかその予定次第で複数の人の参加が決まるわけじゃないよね？

「すみません、余計な気を遣わせてしまって。胡桃沢さんにも発言に気を付けるように厳しく伝えておきますので」

私を巻き込むなとも言わなければ。

「いえ、僕は全然。ただ、その……セクハラとかじゃないんですけど、ここだけの話としてふたりの関係性を把握したい気持ちはありまして。もちろん言える範囲で問題ないですし、答えなくてもまったく問題ないのですが」

一人称が僕に変わった時点で、上司として訊いているのではないことが伝わった。

他人に言いふらすような人ではないので信用しているけれど、社内恋愛が明るみに出るのは面倒な気持ちが強い。

最初から遙は隠す気がないようだが、それでも私が言ったことは守っている。

「仲のいい同期で間違いないんですけどね。そろそろけじめはつけるべきなのかな、と考えています」

「けじめというと？」

笹倉さんがソワソワしだした。

この人、本当見た目の堅物インテリ系とは違って乙女気質なんだよね。愛読書は某有名なフランス革命の少女漫画らしい。

「ずっと野放しにしているわけにはいかないなと思っているところです」

きちんと付き合いはじめてから一か月ほどだけど、遙の過保護っぷりは健在どころか加速していた。

私が自宅に帰っても泊まることはできず、荷物を取りに戻る程度になっている。自分の部屋なのに泊まれないってどういうことなのか。

でも、少しずつ私に甘えられるようになった遙が愛おしい。

帰宅後、遙は毎回ただいまを言った直後に私をきつく抱きしめる癖がある。

「今日も帰ってきてくれてありがとう」と言われたら、こちらもたまらない気持ちになるわけで……抱きしめてキスをして、心も身体も温めたくなるのだ。

好きという感情は厄介だ。際限がなくて、容赦なく加速する。

湧き上がる感情に終わりがくる日がまったく見えない。

私は「ちゃんとした報告ができるまで、もうしばらく見守っていてください」と頭を下げた。

笹倉さんは目の奥をキラキラさせて何度も頷く。

「うん、もちろん。誰にも言わずに黙っておくから！　あ、お祝いはなにがいい？　こっそり教えてね」

先走りすぎだと苦笑したけれど、その気持ちだけありがたく受け取った。

◆　◆　◆

サプライズが好きなのは遙だけではない。私だって好きな人の喜ぶ顔も驚く顔も好物だ。

会社のパーティーは遙の誕生日の前日に行われる。

今まで遙の誕生日にはご飯に行って奢ったり、ちょっとしたプレゼントを贈ったりしたけれど、今回は付き合ってからはじめての誕生日だ。

当たり前だけど本人がほしいものをあげたい。今さら私の合鍵をあげても邪魔になるし、できれば記念になるものがいい。

「……なにか俺の顔についてる？」

食後のお茶を飲みながら戸惑う遙もかっこ可愛い。

ずっと見慣れている顔なのに、好きだと自覚してからますますかっこよさに磨きがかかるってどういうことなのだろう。

「遙はいつもかっこいいよね」

「え？　急にどうしたの。なにかほしいものでもある？」

逆だ。私がその台詞を言いたいのになんで先に尋ねるの。

「おねだりしたくてお世辞を言ってるわけじゃありません。それにほしいものは自分で買う主義だって知ってるでしょ」

「うん、それは知ってるけど……でも、たまには俺に甘えていいんだよ？　指輪とか指輪とか、指輪とか」

指輪限定じゃないか。私の手をじっと見つめるのも本気にしか感じられない。

「遙は指輪がほしいの？」と直球で尋ねると、彼は笑顔で頷いた。

「そうだね、俺は結婚指輪がほしいかな」

相変わらずぶれない男である。

私には婚約指輪を贈りたくて、本人は結婚指輪がほしいと言う。

その気持ちに応えてあげたいけれど、誕生日プレゼントに指輪はちょっと違うだろう。

「まあそんなことより、会社のパーティーは遙も参加するよね？」

「そんなことで流されるのも一種のプレイだと思うと興奮するよね。もちろん心春が行くなら行くけど」

会社の女性社員はこの男の残念さをきちんと把握してから騒いでほしい。十中八九、遙に憧れているのは入社三年目までの若手社員だろうけど。

「会社から仕事しなくていいと言われてるなら絶対行くでしょう。その日は金曜日だし、午前中は軽く働いてサクッと切り上げてから行こうかなって」

午後一時からスタートして六時には終わるらしい。その後二次会に行く人も多そうだ。

創業記念のパーティーなら会社の歴史を振り返ったり、社長のスピーチがあったりするんだろう。集合写真も撮るかもしれない。お土産が出るという噂もある。

「そういえば心春はなにを着て行くつもり？　俺がコーディネートしていい？」

「いいけど……私は適当に手持ちのワンピースでいいかなと。ドレスコードも特にないから」

ＴＰＯを弁《わきま》えた恰好《かっこう》なら問題ないはずだ。なんなら仕事着のビジネスカジュアルな恰好でも問題ないと思っている。

「ホテルの中は温度が保たれていて涼しいから、薄手のカーディガンかストールがあった方がいいね。ノースリーブだと心春の可愛い二の腕が目の毒だから露出はなるべく控えめで、シアー感のあるシフォンスリーブとＶネックがいいな。デコルテはすっきりしたもので、ネックレスは一粒ダイヤよりも華やかで印象的なパールのペンダントが似合うと思う」

独り言のように話しはじめてしまった。私は置いてけぼりである。

そんなぴったりなワンピースが私のワードローブに入っていただろうか。

「遥さ、ただの会社員じゃなくてスタイリストになった方がよかったんじゃない？」

「心春専属のスタイリストになら喜んで」

まあ、本人が楽しそうならそれでいいか。私も楽ができるので、ラッキーくらいに思っておいた。

あれこれ悩んだ末に、私が選んだ遙へのプレゼントは無難にネクタイになった。

今まで遙にあげたものは癒やしグッズだったりちょっといいペンだったりと、消えものや機能性重視のものばかり。身に着けるものを選んだのははじめてかもしれない。

「少し早いけど、はい。あげる」

誕生日前日の朝。綺麗にプレゼント包装されたネクタイの箱を渡した。

「え？　どうしたの？　これ」

「遙の誕生日プレゼント。本当は明日渡そうと思ったんだけど、今日のパーティーに着けて行ってほしいなって」

夏にぴったりの爽やかな水色のネクタイだ。

よく見たらブランドものだとわかるけれど、間近で見ないとわからないほどロゴがさりげなくて嫌味《いやみ》がない。

「薄いピンクも上品で迷ったんだけど、普段使いしやすい方がいいかと思って水色にしてみた。どうかな？」

「すごくうれしい。心春が選んでくれたってだけでプレミアものだ」

それは気のせいです。

ブランド店にネクタイを選びに行くのはなかなか貴重な経験だった。私にしては奮発して選ばせてもらった。

値段が大事なわけではないけれど、付き合ってはじめての誕生日なのでしっかり記念に残るものにしたかったのだ。流行り廃《すた》りのないデザインならおじさんになっても使えるだろう。

「ありがとう。もったいなくて使えないかも」

「今日使ってもらいたくて渡したんだけど」

大勢の社員が集まるパーティーに行くのだから。戦場へ赴《おもむ》くのに無防備な姿で行かせるわけにはいかない。

「本当はフルフェイスマスクをあげたかったんだけど」

「プロレスラーにはならないよ？」

「なってもらっちゃ困るんだな。そうじゃなくて、遙の周りに女性が群がると思うと面白くないから。ネクタイはちょっとした牽制《けんせい》というか、首輪代わりというか」

顔を隠していてもスタイルの良さでバレてしまう。ならば隠さず堂々としてもらって、一番目立つ首に私からのプレゼントを身に着けてもらいたいなと……。

「それって焼きもち？　嫉妬？」

「う……そう言われると否定したくなるけれど、そうとも言いますね」

チラリと遙を見上げる。

なにかを噛みしめるように悶えているのだが大丈夫だろうか。

「安心して。俺は堂々と君の犬だと証明してみせる」

「人間やめるつもりなの？　それは困るから返して」

「先に首輪代わりだって言ったのは心春だよ」

ひょいと、ネクタイを頭上に掲げられてしまった。なんて子供じみたことをするんだ。

無防備な身体に抱き着くと、遙はわかりやすく硬直した。

「あ、私にお触りはダメですからね。私は抱き着くけど遙はダメ」

「ねえ、そんな拷問みたいな意地悪をどこで覚えてきたの？　時東さん？」

麻衣里から恋愛テクニックを学んだ記憶はない。私よりも経験豊富な女ではあるけれど。

「しまった、じゃれついてる暇はなかったわ。早く着替えて朝ごはんを食べないと」

サッと遙から離れると、遙はその場で項垂《うなだ》れるようにしゃがみ込んだ。

「心春ちゃん。今日一日ちゃんと言いつけを守るから、俺にネクタイ締めてくれない？」

言いつけとは人前でベタベタしないとか一定距離を保つとか、仲がいい同期として接するという意味である。

決して周囲に「あのふたりってやっぱり？」と思わせないように、匂わせ発言も怪しい行動もとらないことが大事だ。

社内恋愛の最低限のマナーというか気配りというか……きっと私は遙に対して塩対応くらいでちょうどいい。

甘えるように上目遣いで見つめてくる男の顔が良すぎて怯みそうになったけれど、残念なお知らせがひとつ。

「ごめん、私ネクタイの結び方はわからない」

「……」

遙は無言のまま笑顔で不満をぶつけてきた。

「だからごめんって」と、私は二回謝った。

◆　◆　◆

百周年のパーティーは思っていた以上に気合いが入っていた。

展示物の多さもさることながら、食べ物にも気合いが込められている。

社長のありがたいスピーチを神妙な顔で聞き入って、乾杯の合図とともに用意していたシャンパングラスを呷る。

「喉が渇いていたからおいしい」

「就業時間中に飲むシャンパンは格別な味だわ」

麻衣里の発言には同意しかない。

シャンパン以外にもお酒は各種揃えられているし、もちろんノンアルコールドリンクの種類も豊富だ。

立食パーティーなので、壁際に用意されたフードには長蛇の列が。フィンガーフードのみならず、結構がっつりと食べられるものも用意されていた。

「で、桃の保護者はどこに？　……あ、見つけた」

遙は少し離れた先で数名の人に囲まれている。

こういうとき身長が高いので見つけやすいが、うちの会社は外国の方も多く在籍しているので高身長の社員が多い。遙の頭が飛びぬけているわけではない。

「ちなみに今日は接近禁止令を発令してます」

距離が近すぎたら邪推する人たちが多いので、もういっそのことふたりきりにはならないようにしたのだ。まあ、麻衣里が間に入っていればセーフではあるが。

「でも胡桃沢君、桃の居場所は把握してるよね。さっきチラッと視線が合ったもの」

「さすがに見るのは禁止とは言えなかったからな」

そんなことを言ったら泣くかもしれない。それに私も遙を見られないのは残念だ。

なんだかんだと、彼の顔も好きなんだよね……最近では見ているだけで癒やされている自分に気づく。

新しいお酒を取りに行く。麻衣里は私の全身を眺めて、「今日の恰好も王子が？」と囁いた。

「うん、まあ……そうですね」

「センスいいよね。専属スタイリストじゃん」

長年傍にいるから同じことを思っている。

結局遙は私に新しいワンピースを購入してくれた。ネクタイと物々交換のようになったけれど、もう買ってしまったものは仕方ない。ありがたく頂戴した。

「シャンパンゴールド色のボレロと黒のIラインワンピースか。大人可愛くて似合ってるわよ。そのパールのペンダントも華やかで綺麗ね」

「ありがとう。褒められるとちょっと照れるね」

麻衣里もまさか私の下着、ストッキング、ジュエリーまで遙がコーディネートしているとは思わないだろう。

私もそこまで明かすつもりはないけれど、今朝の遙はとても満足そうだった。

喜んでくれるならいっか、って思う私もちょろいのかもしれない。

「で、あれは見過ごしていていいの？」

いつの間にか遙の周囲には若手の女性社員が数名群がっていた。明らかに遙目当てなのが伝わってくる。

「仕事の話だけじゃなさそうよね。純粋に疑問なんだけど、二十代前半から半ばくらいのときって三十過ぎの男に興味あった？」

「ない。私は年下専門だから」

訊く相手を間違えたわ。麻衣里は昔から年下の可愛い系が好きだった。

「私は自分より五歳以上離れてる男性を恋愛対象として考えたことはないかな……」

「あの扱いってアイドルみたいなものよ。社内の推し活。でも推しなら話しかけるな、見守れって思うけど」

麻衣里は相変わらず言うことが辛辣である。でも社内推し活という言葉には少し納得できる。

「まあ、部署の垣根を超えて交流するのが正しいパーティーの過ごし方よね。遙も管理職だから優秀な人材をチェックしておけばいいと思う」

「へえ、余裕じゃん」

麻衣里はニヤニヤ笑った。

私の気持ちに余裕があるのは遙が身に着けているネクタイのおかげだろう。

私にも独占欲が芽生える日が来るとは思わなかった。

「で、あの見覚えのないネクタイってまさか？」

「明日は誕生日だから」

私から贈ったのだと告げた。

「だからか。いつも以上に王子が輝いて見えるのは。お姫様のおかげってわけね」

「恥ずかしいからやめて。お酒取り上げるよ」

「絶対嫌。まだ飲み足りない」

爽やかな水色のネクタイは遙にとてもよく似合っている。

じっくり眺めないとブランドものだと気づかないようなさりげなさは万人に受けそうだ。店員のお姉さんに相談した甲斐があったわ。

不思議と離れていても繋がっているような安心感がある。そう思うと、遙が私に指輪を贈りたがるのも理解できた。

お試し期間も入れて、付き合ってからもう少しで三か月。隣に遙がいるのが当たり前の日常を送っている。

もしも将来、遙が隣にいなかったらと考えると一気に気分が落ちそうになる。彼がいることが精神安定剤になっているのは私も同じなのだ。

「……ほら、あそこに胡桃沢さんがいる。遠目だけでも眼福すぎる」

「社内に芸能人がいる感覚ってこんな感じなのかな。私も部署異動したいわ。身近で推し活したい」

知らない女性社員の話し声が聞こえてきた。

「で、人事部の麻衣里さん。憧れの人の元で働くというモチベーションについてはどう思いますか」

「やめておいた方がいいんじゃない？　遠くから見るのと近くから見るのとでは感じ方が違ってくるでしょ。富士山《ふじさん》は離れて眺めるから綺麗というのと同じよ」

麻衣里は三杯目のワインをがぶ飲みしている。

遙を富士山と同列に例えるから、思わず笑いそうになった。

「人当たりはいいし面倒見もいいけれど、仕事にはちゃんと厳しいと思うからね。私も同じ部署にはなりたくないかな」

プライベートで一緒なら、仕事はできるだけ離れていたい。きっとふたりとも同じ部署だったらこんな関係にならなかったと思うし、やりにくくて仕方ないはずだ。

「……で？　そろそろ楽しい報告を聞けるわけ？」

「さあ、そのようなことになるかもしれませんね？」

すべては今夜の私次第である。

「ふふ、楽しみにしてるわ。お祝いなにがいい？　どこ飲みに行く？」

「気が早いって。もうちょっと待って」

定期的に女子会を開いているけれど、次の飲み会はどんなものになるのやら。

きっといつも以上に賑やかな会になりそうだと予想した。


お開きになりそうな時間にトイレに行くふりをして会場から抜け出した。帰り道に誰かに捕まって二次会に連行は遠慮したい。

途中退場もできるパーティーなので、誰がいなくなっても気づかない緩さはありがたい。でも人目につかないように移動するのは少々難しい。

遙にメッセージを送り、ロビーの隅っこに待機していることを伝えた。パーティー会場からは離れているので、宿泊客以外がロビーにまで来ることはないだろう。

「いた。お待たせ」

「早っ！　大丈夫だった？」

メッセージを送って五分以内に遙がやってきた。隣のソファ席に座らせて、後をつけられていないかきょろきょろと確認する。

「うん、ちょうどタイミングよく抜け出せたから問題ないよ。後もつけられていないから」

そうは言っても遙は目立つのだ。本人は立っているだけで煌びやかななにかを振りまいているという自覚が薄い。

でもちょうど観葉植物の陰に隠れるように座らせたので大丈夫そう。うちの社員らしき人は見当たらない。

「心春、お腹の具合はどんな感じ？　どこかで食べてから帰るか、お惣菜《そうざい》でも買って帰る？」

軽食をつまんだけれど、フィンガーフードが主だった。

小腹を満たした程度しか食べていないし、麻衣里に付き合ってシャンパンとワインを二杯飲んでいる。

「夕飯は余裕で食べられるんだけど、そうじゃなくてね」

はい、と遥にカードキーを渡した。

「これは？」

「このホテルのルームキー。実はお部屋を取ってました」

「は……？」

驚く遥の顔が見られて満足だ。ほんのり頬が赤いのも可愛らしい。

「え？　だって、俺が提案したときは断ったのに？」

「そのときはもう私が予約してたからね」

実は遥から冗談交じりに「ホテルに泊まっちゃおうか」と言われたのだけど、社員に見られる可能性があるから嫌だと拒絶したのだ。

でも今回のパーティーに参加を決めた直後に一部屋予約をしていた。

ラグジュアリーホテルなので一泊分のお値段はそれなりにするけれど、今年はマンションの更新費用がかからないので予算は余っている。それにお金はこういうことに使いたい。

「まったくそんな素振りを見せなかったよね。それに俺、なんの準備もしてないけど」

「一泊分の着替えなら下着とシャツくらいで大丈夫でしょう。私が遥の分も用意してるし、必要なものはコンビニで買おう」

実はパーティーがはじまる前にフロントで荷物を預かってもらっていたのだ。もうチェックインも済ませて、荷物も引き取っている。

「どうりで今日のバッグは大きいと思った」

「ふふ、サプライズ成功？　じゃあ別々に部屋に行こうか」

「そこは一緒じゃないの？」

私は抜け目のない女なのだ。

最後の最後で詰めが甘くて噂されるようなへまはしたくない。

「私が先に部屋に行ってるから、遥は時間差で来てね。部屋番号間違えないように」

捨てられた大型犬のような目で見つめられたけれど、早歩きでエレベーターホールに向かった。

予約していた部屋は想像していたより広かった。老舗のラグジュアリーホテルなだけあり、内装は重厚感もあって天井も高い。各部屋は五十㎡以上あるらしい。

「すごい！　アメニティグッズも充実してる。お風呂も大きくて綺麗」

頑張って奮発した甲斐があったわ。これなら遥も喜びそう。

ちなみにベッドはキングサイズが一台だ。いつも一緒に寝ているのだから、わざわざベッドを分けることもないだろう。

電子音が響いた直後、扉が開いた。

「心春、いる？」という声とともに、遥が現れる。

「誰にも見られなかった？　大丈夫？」

「うん、大丈夫だと思う。それにしてもいい部屋にしたね。夜景も綺麗に眺められそうだ」

「たまにはこういう贅沢もいいかなって」

都内に住みながら都内のホテルに泊まることって滅多にない。こういうホテルステイの贅沢を年に一回くらい味わうのもアリだろう。

時間があるなら国内旅行もしたいけれど、手軽に非日常を味わいたいときに便利だ。

「早めにご飯食べに行っちゃおうか。まだ六時過ぎだけど」

その方が夜の時間も長く過ごせる。

「予約なしでも空いてるかな。心春はなにが食べたい？」

「遥が食べたいものがいいな」

いつも私に譲ってばかりだから、ちゃんと彼の希望を聞きたい。

「それならあっさりした和食にしようか。さっきは洋食のメニューばかりだったから」

遥はドリンクばかりであまり食べていないらしい。確かに人に囲まれていたら食べにくい。

「懐石料理かお寿司《すし》か鉄板焼きか。悩むね」

予約なしで入れた懐石料理の店を選んだ。上品な味付けと日本酒が大変美味だった。

日付が変わったと同時に、私は遥に「お誕生日おめでとう」と告げた。

お風呂に入り、あとは寝るだけの状態だが、まだお酒が抜けきっておらず少しふわふわしている。

「ありがとう。0時ぴったりにおめでとうって言われるのははじめてかも。照れるね」

はにかんだように照れる三十一歳というのも貴重かもしれない。

この顔は誰にも見せたくないなと思いながら、スマホのシャッターを押した。

「今、写真撮った？　俺の写真を積極的に撮ってくれるなんてうれしすぎる」

そういえばこの男、私のスマホのアルバムを自分でいっぱいにしてほしいとか言っていたっけ。一応遙専用のアルバムを作成したので、それで満足してもらおう。

「さて、遙君。実は誕生日プレゼントがもうひとつあります」

「ネクタイをいただいたから十分だよ？」

「あとこのホテルもね、私のプレゼントだけど」

「え？　宿泊代は俺が出すよ」

予約だけ私がして、お会計はよろしく！　って酷い彼女では？　さすがにそんな人でなしではない。

「今回は特別なので、ホテル代も私のプレゼントです。いつも遙が私にいろいろくれるからそのお返しも兼ねて」

「いつも俺にたくさんくれるのは心春の方でしょう。傍にいてくれるだけでどれだけ俺が幸せだと思ってるの」

わがままを叶えてくれているのは心春の方だと素直に言ってくれる彼が愛おしい。そんな遙だから、私もできる限りのことがしたくなる。

「心春は俺の隣で笑ってくれるだけで尊いのに」

反応に困る台詞は笑顔で聞き流す。一個ずつに応えていたら話が進まない。

「それで、この流れでプレゼントというのも少し違う気はするんだけど」

「なに？」

「どうぞこちらをお納めください」

封筒を手渡した。

自分で言うのもなんだけど、これで合っているのかはわからない。

「手紙？　……って、これ」

遙が一枚の紙を取り出した。身体の奥からじわじわと気恥ずかしさがこみ上げてくる。

「本物？」と戸惑う姿はなんとも愉快だ。

「胡桃沢遙さん、私と結婚しませんか？」

手渡したのは署名済みの婚姻届だ。

私の欄は埋まっており、遙のところだけ空欄になっている。

「……盛大なドッキリだったら泣くよ？」

「違います。手の込んだドッキリなんて趣味が悪すぎるでしょう。それより、返事は？　私と結婚は嫌？」

「そんなわけあるはずないから！　うれしすぎて言葉にならない。なんでこんなサプライズを仕掛けるの……」

婚姻届をくしゃくしゃにされたくないので、そっと遙の手から抜き取った。

「けじめをちゃんとつけたいなって気持ちもあるんだけど、この先の未来をずっと遙と歩きたいって思ったから」

彼が隣にいる日常が当たり前になっていた。それが今後十年、二十年と続いてほしい。

「俺と結婚してくれるの？」

「うん」

「俺と死ぬまで傍にいてくれる？　死んでも傍にいてくれる？」

「ちょっと飛ばしすぎでは」

半ば想像通りだけれど、遙の愛はとことん重い。死んでも傍にというのはお互いを縛り付ける約束に聞こえる。

「ごめん。じゃあ生まれ変わっても俺と結婚してくれる？」

「来世の約束か……まあ、同じタイミングで生まれ変わって、また巡り合えたらね。でも死んだ後の話よりも今の話をしよう。これからの人生も、私と楽しく生きてみませんか？」

「生きる。一分一秒でも長生きするって誓う」

両手をギュッと握られた。

遙の力強い手と温もりが私の心を震わせる。

「よかった、うれしい」

「俺の方こそ。言葉に表せられないほどうれしすぎてどうにかなりそうだ」

ギュッと抱きしめられてベッドに運ばれた。胸の中に閉じ込めるように抱きしめられるのが心地いい。

「俺からもさせて。心春にきちんとしたプロポーズがしたい」

「もう十分じゃない？　遙って口癖のように結婚を仄《ほの》めかしてたから」

「それは俺と一緒に過ごす未来を意識してもらいたかったからね。でもこんな風に男前にプロポーズをされて終わりは、さすがにどうかと思う」

なにげに遙は拘りが強い。私よりロマンティックなところがあり、人生の一大イベントには全力で取り組みたいらしい。

思い出を大事にするところも遙らしくて好ましい。私が割とあっさりしている方なので、そういうところもバランスが取れているのだろう。

「楽しみにしてるね。じゃあもう遅いし、このまま寝ようか？」

「え？」

もぞもぞと遙の腕から抜け出す。遙は笑顔のまま固まった。

「……心春ちゃん。上げてから落とすのは俺の心臓に負担がかかるからやめてほしい」

やはりこのまま寝るという選択は残酷だった。

項垂れた遙を抱きしめる。

「……実はゴムの用意もしていると言ったらどうする？」

そっと遙の耳元で囁いた瞬間、彼は私を素早くベッドに押し倒した。

「意地悪だね。今のはそういうプレイだったの？」

「万が一と思って持ってきてるんだけど、このまま寝たいと言われたらそれでもいいかなって」

だから寝るかどうか提案したのだ。だが少し言い方が悪かった。

「このまま眠れるはずがないでしょう。俺はいつだって君を抱きたいのに」

「……っ！」

ゴムの在処《ありか》を確認されて、洗面所に置いてあるポーチに入ってると答えた。遙はすぐに身体を起こして取りに行く。

「てっきり一個だけかと思ったら、三個も用意してくれたの？」

遙の笑顔が輝いている。だっていつも一回で終わらないではないか。

「じゃあ二個没収する」と手を伸ばしたが、正面から抱きしめられてしまった。

「今夜はうれしいことだらけで眠れなくなりそうだ」

「……喜んでもらえたのはよかった」

どうしよう。私も今さらドキドキしすぎて眠れなくなりそうだ。それに逆プロポーズを受け入れてもらえてほっとしている。

今日一日は今までよりもたくさん遙を甘やかして幸せにしたい。言葉にならない気持ちがむくむくとこみ上げる。

「遙、今夜は私が頑張るね」

「え?」

一瞬の隙をついて遙をベッドに押し倒した。目を丸くしている彼が可愛くて愛おしい。

「今日は遙の誕生日だから、いつもしてもらってるように私が遙を気持ちよくさせたい」

パジャマのボタンを外す。遙は戸惑いながら私の手首を握った。

「ちょっと待って。心春ちゃん、具体的になにをするつもり?」

「今日は私がたくさん遙に触れようかなって。いつもしてくれるみたいなことをしたら遙も気持ちよくなれる?」

男性が感じるポイントはどこだろうか。性感帯は女性と同じでいいのかはわからない。

遙は複雑な顔で押し黙る。煩悩と理性がぐるぐるせめぎ合っている顔だ。

「非常に魅力的な提案だけど、俺が気持ちよく喘《あえ》がされるのはちょっと……」

そこまでは考えていなかった。遙が喘ぐ姿なんて見たことがない。

「それはぜひ見てみたいね。絶対可愛いくてセクシーだと思う」

「やめて、俺は見られたくはない」

そんな会話をしつつ自由な手でボタンを最後まで外した。筋肉がついた腹筋はいつ見ても芸術品のように美しい。

「じゃあ喘がなくていいから、私に触れさせて。遙の身体にもたくさんキスがしたい」

そっと首筋から鎖骨を撫でる。遙は眉をぴくっと反応させた。

「ズルい……そんな可愛いことを言われたら拒絶できないじゃない」

好きなだけ触れてもいいという許可が出た。自由な両手で遙の肌をゆっくり撫でる。

綺麗な肌は滑らかで、腰のところのほくろがセクシーすぎた。

遙は恥ずかしそうに頬を染めている。改めて自分が彼を襲っている状況に興奮してきた。

かぷり、と首筋に歯を立てる。痕がつかない程度の甘噛みをして、そのままチュッと、きつく肌に吸い付いた。

「……ッ」

遙の口から漏れ出る吐息が熱くて艶めかしい。素肌をまさぐりながら鎖骨にもキスを落とす。

「あ……、心春」

「ん？　なあに？」

胸の飾りを指先で転がすと、遙は眉にギュッと力を入れた。肌が淡いピンク色に染まっている。

「ここ、遥も感じる？　胸で気持ちよくなれるかな」

「……っ、そんなことしなくていいから」

そう言われるとやってみたくなるから不思議だ。

胸の突起に吸い付いて、舌先で転がした。反対の胸も指で優しく弄るのを忘れない。

「ン……ッ」

喘ぎなのか我慢なのかわからない声が私の興奮を煽る。腹筋に力が入っているのを見るとむず痒いのかもしれない。

「くすぐったい？」

筋肉の溝に触れながら尋ねると、遥は首肯した。胸や上半身だけでは直接的な刺激にはならないのだろう。

そうなると、触るべきなのは下半身になる。

パジャマのズボンに隠されたそれがきちんと興奮しているのはわかっていた。

「私、頑張ってみるね」

「……え、は？」

パジャマをサッと脱いで下着姿になった。男性は視覚から興奮する生き物なのだから、私も脱いだ方が感じやすいはずだ。

遥が身体を起こそうとするのを制して、サッと遥のズボンを下げる。勢いよく飛び出した欲望はいつもより心なしか興奮しているようにも見えた。

「待って、心春。本当になにを……！」

遙が慌てだしたが、私は躊躇いなく彼の欲望を握り先端に口をつけた。

「……ッ！」

動揺が伝わってくる。手の中でビクンと動いたものはグロテスクな見た目をしているのに、愛おしくもある。

「ダメだ、そんなこと……」

愛する人のものだから気持ちよくさせたい。遙だって私が恥ずかしいと言っても、どろどろになった秘所を舐めるのだからおあいこだ。

口に含むには大きすぎるため舌で舐める。先端から滲み出る雫《しずく》は我慢の証しなのだろう。

「心春ちゃ……ん」

名前を呼ばれるだけで私の子宮もキュンと疼いた。身体が熱くてたまらない。

「ごめんね、遙。胸で挟めたらいいんだけど、ちょっとコツがいるみたい」

片手で谷間を作るのは難しい。両手で寄せながら彼のものをうまく挟むにはもう少し技術が必要だ。

「そんなことしなくていいから……ああ、本当、困る」

手の中のものが別の生き物のようにびくんっと大きく跳ねた。血管が浮かんで今にも暴発しそうだ。

裏筋を舐めて柔らかな袋に触れた瞬間、我慢の限界がやってきた。

「ダメ、もう……出ちゃう」

遙は上半身を起こして手の中に吐き出した。間一髪でシーツを汚すことなく、手だけが汚れた。

「待ってて、ティッシュ取ってくる」

洗面所からティッシュと濡れタオルを持ってくる。手の中の残骸を綺麗にすると、遙は気怠いフェロモンを放ちながら私に微笑んだ。

「心春ちゃん……」

「気持ちよくなかった？　未熟でごめんね。でもこれから上達するように頑張るから、伸びしろがあると思って」

「伸びしろって、謎のやる気を出さなくていいから」

拙い動きでも気持ちよくなってくれたらしい。それはよかったのだけど、なんだか遙の手つきが怪しい。

「遙君？」

「今度は俺の番ね」

私を押し倒した遙は慣れた手つきでブラのホックを外した。仕返しとばかりに胸に吸い付かれる。

「ン……ッ」

「こんないやらしいランジェリーを持っていたなんて。はあ、今度じっくり堪能させて」

黒いレースの下着は新しく購入したものだ。勝負下着というものを用意してみたのだけど、遙は気に入ってくれたらしい。

「堪能って、なにするつもり」

「着衣のままましたいってこと。でも今は余裕がないから無理」

「ひゃあ、ん……ッ！」

胸の飾りに吸い付きながら乳房を揉《も》まれた。時折チリッとした痛みが走る。

「見えないところにたくさん痕をつけたい」と呟いているが、お手柔らかにお願いします。皮膚病のようになりたくはない。

「あ、遙……っ！」

両脚を立てた間に顔を埋められた。レースのショーツをつけたまま割れ目に吸い付かれる。

「ンァ……ッ」

「すごい濡れてる。俺のを舐めて感じてくれたの？」

笑顔で囁かないでほしい。そんなことを言われると私が変態みたいではないか。

「だって……遙が気持ちよくなってくれてたから」

「そうか。俺が気持ちよくなったら心春も濡れたんだね。うれしいよ」

見せつけるようにゆっくりショーツを脱がされる。蜜を吸って重くなったものはベッドの端に置かれた。

「すごいドロドロだ。解さなくても蕩《とろ》けてる」

愛液が滴る場所をなぞられた。身体がこれからの快楽を期待しているのだろう。ぞくっとした震えが背筋をかける。

いやらしいと引いただろうか。でも遙はうれしそうに微笑んでいる。

指を二本、三本と飲み込んだ頃には私の思考も溶けていた。

「はる、か……もう、ちょうだい」

身体が熱くてたまらない。お腹の奥が切なさを訴えている。

遙は一度発散したからか少し余裕を取り戻していた。私の痴態を眺めながら、太ももに赤い華を咲かせた。

「ああ、素直に求められるのはうれしいよ」

避妊具の封を開けている。本当はそれを私が装着するところまで頑張りたかったが、また次の機会に取っておこう。

「ン……ぁ」

求めていた熱杭が身体を満たす。足りなかったものが埋められると、心の奥まで充足感が溢れてきた。

「はぁ……、遙……」

名前を呼びながら遙の首に腕を回した。しっとりした肌が心地よく触れ合う。

「心春、そんなに締め付けないで」

「無理。身体が求めているんだもの。出て行かないでって」

私の本能が彼の楔を奥へと招いている。このままずっと繋がっていたいほど気持ちがよくて満たされている。

「ああ、本当。どれだけ君は俺を喜ばせるの？」

下腹をゆっくり撫でられた。そんな刺激だけでも達してしまいそうだ。

「心春、好きだよ。愛してる」

「私、も……」

そう呟いた直後、敏感な花芽をクリッと刺激された。

「あぁ……ッ！」

繋がったまま絶頂を味わい、ギュッとしがみついたと同時に遙も膜越しに吐精した。

「……ッ」

身体がブルっと震えた瞬間、抱きしめ返してくれたのが心地いい。中に埋められた熱は出て行ってほしくないけれど、渋々遙から離れた。

「そんな顔をされたらたまらなくなるんだけど」

「……遥が出て行っちゃうのが寂しいもの」

でもゴムの処理はしてもらわなくては。遥は手早く後処理を済ませて、二個目のゴムに手を伸ばす。

「それならもう一回いい？」

気持ちは頷きたいが、時刻は深夜一時を過ぎていた。身体は疲労困憊で、瞼も重い。

「遥、ごめん……もう眠い」

彼を布団の中に招いてしがみつく。

「明日帰ったら遥がしたいことに付き合うね……」

まだ彼の誕生日ははじまったばかりだ。やりたいことがあったら遠慮なく教えてほしい。

「過剰サービスすぎるよ。あまり喜ばせたら俺の死期が早まりそう」

「寿命が縮むのは困る。じゃあ今のは聞かなかったことに……」

「それも無理だから」

ぎゅうぎゅうに抱きしめられた。少し汗ばんだ肌を抱きしめるのが気持ちいい。

「明日、婚姻届出しに行こうね」

「うん……」と頷いたところで、ふわふわしていた思考が待ったをかけた。

「いや、まだだよね？　順序は守らないと」

双方の家族への挨拶が残っている。

うちの家族は両手を上げて「どうぞどうぞ！」と言う未来しか見えないけれど、遙側からはなんと言われるやら。

一般家庭のうちと違って、遙の実家は厳しそうだ。

「うちは父に事後報告だけで大丈夫」

幼少期に母親と死別しているとは聞いていたけれど、父親との確執があるらしい。でも不動産を譲られたりはしているので、愛情がないわけではないのだろう。

「それでもけじめは大事だから、挨拶が終わってから提出しよう？　遙だって、自分の誕生日が結婚記念日ってちょっと嫌でしょう？」

一年に数回祝えるイベントが一回減ってしまうのだから、結婚記念日は別の日に設定したいはずだ。

「ああ、それは確かに。さすが心春、よくわかってるね」

「でも挨拶の前に、遙からのプロポーズが先かな。楽しみにしてるね」

フラッシュモブとかはやめてくださいとも付け加えておいた。調子に乗って第三者を巻き込んだら羞恥心で爆発するかもしれない。

「うん、可愛い恋人は独り占めしたい派だから。第三者は排除しておく」

「発言が物騒だなぁ……」

ほどほどにと言っておいたけれど、一体なにをしでかすやら。

でもそんな風に言いつつも、きっと遙は常識の範囲内でプランを練るだろう。常に私の許容範囲ギリギリのボーダーを攻める男である。

「婚約指輪は明日一緒に買いに行こうね」

ようやく念願の指輪を堂々と贈れる日が来たからか、彼の声は喜びに満ちていた。

「うん、楽しみ」

そう呟いた後、私はゆっくり瞼を閉じた。

◆　◆　◆

ホテルをチェックアウトした後、遙は早速私をジュエリーショップに連れまわした。名前だけは知っていても中に入ったこともない店にいきなり入るのは緊張する。

「心春、指は何号かわかる？」

「まったくわからないです」

指輪を着ける習慣がないのでさっぱり不明だ。

それにしても、煌びやかなジュエリーが眩しすぎて目が潰れそう。全然可愛くないお値段に悲鳴も上がりそうだ。

あれこれ見せてもらったけれど、こういうのは時間をかけて選んだ方がいい。衝動的に買うものではないと判断し、遙を店の外に連れ出した。

「気に入らなかった？」

「ご縁がなさすぎて……あとダイヤモンドのギラギラが強すぎて私には敷居が高いです」

指輪で百万超えの世界がわからない……。

しかもさらに高額な値段の指輪もゴロゴロ見かけた。ジュエリーはある種の沼だと聞いたことがあるけれど、上限がないとか恐ろしい。

「結婚指輪を着けるなら婚約指輪はいらないんじゃ……」

「なに言ってるの。いるに決まってるでしょう」

予算に糸目をつけないとまで言っている。私は震えそうになった。

「ピンとこなかったからセミオーダーもいいかもね。確か既存のデザインを選んで、好きな宝石で作ってくれるところもあるかと」

それ、さらに高くない？　大丈夫？

でも好きな宝石という言葉に少し惹かれた。当たり前のように婚約指輪＝ダイヤモンドだと思っていたけれど、他の石を選ぶことだってできるのだ。

「それなら私、ルビーがいいな」

「ルビー？　可愛いと思うけど、なんで？」

「遙の誕生石だから。なんだかお守りになりそう」

ルビーの相場は知らないけれど。ダイヤモンド以上に高額だったら諦めよう。

私の誕生石はターコイズとタンザナイトで、そっちも素敵だとは思うけれど婚約指輪らしさは控えめかもしれない。好きな人の誕生石の方が特別感はある。

「君はそうやってすぐに俺を喜ばせるよね。どうしてくれようか……」

「遙？」

急に手を握られた。先ほどまでの余裕が消えている。

「指輪は一旦保留。家でじっくり候補を選んでから予約を取って、実物を見に行こう」

「うん、そうだね。急がなくていいと思う」

「だから早く帰って心春を食べさせて」

「……っ！」

街中でとんでもない要求をされた。

幸い周囲に人はいなかったけれど、不意打ちを食らった私の顔は真っ赤になった。

背後で玄関扉が閉まった。

施錠の音を耳が捉えたと同時に、遙が私の唇を貪るようにキスをする。

「あ……ッ」

扉に背中を押し付けられた。上向きに顎を固定されて、与えられる熱に翻弄される。

一体なにが彼のスイッチを入れたのかはわからないけれど、昨晩は睡魔に負けて一回で我慢してもらったのもあるだろう。

「遙、待っ……」

「無理」

「あ、ん……ッ」

太ももをさする手がいやらしい。無理やり官能を表面に引きずり出されそうだ。

角度を変えて何度も深く貪られる。

身体はすっかり遙のキスに慣れてしまい、キスをされるだけで快楽のスイッチが入るようになっていた。

呼吸を奪うような荒々しさが気持ちいい。こんな風に強く求められることがたまらない。

自然と遙の首に腕を回していた。もっと繋がりたいのだと、私も本心から求めている。

「ここ、玄関……」

「ん、そうだね。でも玄関というのも興奮する」

劣情を宿した目が私の胸を射貫《いぬ》いた。吐息交じりの声も色っぽい。

遙の眼差しを直視するだけで眩暈がしそうだ。その熱をずっと私にだけ向けてほしい。

「今すぐちょうだい」

強く求められたらうれしくないわけがない。

キスをされて官能のスイッチが入った身体は、自分でもわかるほど濡れている。

「心春……」

耳元で名前を囁かれるだけでぞくぞくする。

下腹がズクンと疼いて、子宮が切なさを訴えた。

「ん……遙、好き……」

「君は本当に煽り上手だ」

遙はポケットから昨晩使わなかった避妊具を取り出した。

「ストッキング、破いていい？」と確認された。

私が頷いたと同時に遙の爪がピリッとストッキングに穴を開けた。

「あ……ん」

隙間から肌をなぞられるだけでぞくっとする。身体中の神経が遙の指先に集中するようだ。

「ああ、もうこんなにほしがってくれていたのか」

吐息交じりの声で囁かれるだけで愛液がさらに分泌した。

目の前の人がほしくてたまらない。

片脚を大きく開脚させられた。膝を抱えられた状態で、下着をずらした中心部に熱い杭が押し当てられる。

「掴まって」との声が届いたと同時に、待ち望んでいたものが隘路を進む。

「ンン……ッ！」

指で慣らしていないのに、私の中は遙を拒むことなく受け入れた。とろとろに蕩けていたから痛みを感じることもない。

「あ……っ、熱い……」

「ああ、ごめん。良すぎて止まらないかも」

遙の首に両腕を回しながら身体を密着させる。

ズズ……ッと膣壁が擦れるたびに、身体の奥から震えがこみ上げてきた。背筋に電流が流れて、より強く遙を抱きしめる。

「アァ……はぁ、ンァ……ッ」

身体を上下に揺さぶられる。浅く深く打ち付けられるたびに、快楽を刺激されて意識が飛びそうだ。

「アァ、ン……ッ」

じゅぶじゅぶと淫靡な水音が玄関に響き渡った。あまり声を出すと外にまで聞こえるかもしれない。

咄嗟に唇を噛んだが、我慢しようと思うほど興奮が増すようだ。

「声、我慢してるの？　可愛い……」

遙の声も熱っぽく響いた。あまり余裕のない表情が余計に私の官能を煽る。

「は、るか……キス、して？」

恥ずかしい声は塞いでしまえばいい。

身長差があるため繋がりながらのキスは苦しいけれど、遙は求めていた熱をくれた。

身体が隙間なく密着している。心の奥まで満たされていく。

言葉も交わさず互いの熱を貪り合う。私は荒波に飲まれないように遙にしがみつくので精いっぱいで、甘く激しい情事に浸る。

最奥をコツンと何度も穿《うが》たれた直後、遙にきつく抱きしめられた。

ぎゅうぎゅうと膣が収縮し中のものを締め付けると、遙も限界が来たらしい。彼は膜越しに精を放った。

「……ッ！」

声にならない悲鳴は遙の口内に飲み込まれていく。

身体が弛緩《しかん》する。足に力が入らない。

「……心春、大丈夫？」

少し落ち着いた様子の遙に顔を覗き込まれた。私はぐったり彼にもたれかかる。

「うん……、多分」

中に埋められた質量が抜け出る感覚が未だに慣れない。満たされていたものが消えていく喪失感は切なくて寂しい。

「ベッドがいい？　ソファがいい？」

避妊具を処理した遥に尋ねられた。身体を抱き上げられて二択を迫られる。

ほぼ無意識に「ソファ」と呟いたのは、リビングが一番玄関に近いから。二階の寝室にまで上るのはもどかしい。

ソファに座った遥に自ら跨《また》がった。

雄の色香に吸い寄せられるようにそっと首筋に顔を埋める。

「心春ちゃん……んっ」

遥の艶っぽい声が好きだ。私の拙い愛撫《あいぶ》に感じてくれているのだとわかるから。

何度も首筋にキスをして、痕をつけたい欲求を堪えた。所有の証しをつけた姿を会社の人に見られたくない。

「遥……好き、大好き。他の人に見せないでね？　私にだけ見せて」

こんな風に色っぽくて可愛い表情は私だけが独占したい。誰かと共有なんて絶対嫌だ。

「心配しなくても、俺は心春以外に興味ない。君だけが好きだよ」

目尻を赤く染めて微笑んだ。

色素の薄い瞳に私が映りこんでいるのがたまらなくうれしい。心の奥まで満たされる。

「心春に求められるのが幸せすぎてどうにかなりそう」

私の服を脱がせながら、遙は悶えるような声を出した。あっという間に下着だけになる。敗れたストッキングが卑猥に見えた。これは早々に処分したい。

「視覚の暴力ってこういうことを言うんだと思う。明日にでも新しいストッキングを買ってくるから、これは記念に取っておいていい？」

「なんの記念のことかな。捨てますよ」

恥ずかしい体液が付着しているストッキングを保存なんて冗談ではない。わざわざ洗濯するのも面倒くさいので、遙に奪われる前に捨ててしまおう。

「残念」と呟きながら私のブラのホックを外した。

まだ日が高い時間にリビングで胸を晒すなんて、と羞恥心がこみ上げる。でもそんな私をうれしそうに見つめる遙が愛おしくてたまらない。

「死ぬときは心春の胸の中がいい」

胸に顔を埋めながら言われると呆れと愛おしさが交じるけれど、そんな彼をギュッと抱きしめる。

「私も、遙に抱きしめられながら死ねたらいいな」

そんな未来は何十年後になるかわからない。でも当たり前のように一緒に年を重ねられたらこの上なく素敵な人生に思えた。

「遙、一緒に長生きしようね」

「うん」

「結婚して余裕ができたら、ペットを飼うのもいいよね」

遙は自分でも持て余すほどの愛を与えたい人だ。

私だけがその愛を受け止めるよりは、世話のかかるペットにも分散させて愛情を注ぐくらいがちょうどいい。

でもふたりとも今は忙しいし、自宅にいる時間は朝と夜しかない。

生活が落ち着いて、オフィスのリノベも終わってリモートワークが増えた後なら、ペットを飼うことも検討できるだろう。

「犬を飼うのもいいけれど、心春を取り合う未来が視えるよ」

「いや、犬と取り合わないでよ」

世話を焼き過ぎて、犬の方が遙を下僕扱いするかもしれない。しょんぼりする彼を想像すると少し面白い。

「でもまだ当分はふたりきりの時間を堪能したい」

そう囁く遙に同意した。

「私も」

硬く芯を持った欲望がふたたび泥濘に押し当てられる。

甘い嬌声を上げながら、与えられる熱を受け入れたのだった。

エピローグ

夏の夜はビールが一段とおいしく感じる。

この一口のために労働を頑張った！　と言いたげな顔で、麻衣里は豪快にジョッキを半分飲み干した。

「で、その指輪について訊いてもいいのよね？」

「乾杯直後にいきなり本題？」

今日は婚約した報告を兼ねた女子会だ。

定期的に麻衣里とは飲んでいるけれど、遙が不在なのは久しぶりかもしれない。

彼は女子会に何食わぬ顔で参加するし、参加していても違和感を覚えないという不思議な存在でもある（麻衣里談）。

「今日だけで私のところに問い合わせが何名も来たわよ。すれ違った社員たちに、『桃枝さんの薬指に指輪があるのをご存知ですか？』って。あんたも密《ひそ》かに有名人だもんね」

「みんな暇なの？　私が有名なのは遙のおまけです」

私の薬指には、先日受け取ったばかりの婚約指輪が輝いていた。

正直会社につけていくつもりはなかったのだけど、遥に懇願されて渋々会社につけている。

「ルビーの婚約指輪を選んだ理由って、胡桃沢君の誕生月だから？　それともダイヤが気に入らなかったとか」

「さすが麻衣里。ダイヤが気に入らないというわけではないけれど、ルビーがメインの方が惹かれたんだよね」

いろんなジュエリーブランドのサイトを見て、候補をいくつか絞った後。実際にお店を予約して実物を見せてもらった中で一番気に入った指輪がこれだ。

鮮やかな濃いピンクが美しいルビーと、メレダイヤもついている。そんな華やかな指輪は遥と私の好みにどんぴしゃだったのだ。

「元々私からルビーの指輪がいいって言ったんだけど、実物を見たら想像以上に綺麗で一目惚れしちゃった」

「プラチナとルビーとダイヤの婚約指輪か、羨ましいわ。婚約おめでとう！」

「ありがとう」

ビールを飲み干した後、麻衣里はワインをボトルで注文した。これはいつもの流れである。

「それでようやく少しはほっと一息ついた感じ？」

「そうだね、先週末に引っ越しを終えてなんとか」

婚約直後、遥は私に引っ越しを促した。

マンションの更新は秋だけど、それまで家賃を払い続けるのはもったいない。それにもう何年も住み続けているので、いつ引っ越しても追加の料金がかかることはない。

「ほとんどの家具を処分して、家電製品はリサイクルショップに売ったり不用品回収業者に持っていってもらったり。この一か月は慌ただしかったわ」

「夏で暑いのに大変だったね、お疲れさま。ご家族への挨拶は？」

「うちは早々に終わって、先週末に遥のお父様にご挨拶したわ」

「どうだった？　イケオジだった？」

「うん、素敵なお父様だったよ。でもお忙しい人でね、十五分しか時間が取れなくて」

「十五分⁉　また慌ただしいわね」

息子の結婚はあっさり認めてくれたけれど親子関係はドライというか、距離があるように感じた。父親と敬語で話すなんてドラマの資産家だけだと思っていたので少し驚いてしまった。

遥が「事後報告でいい」と言っていた理由も理解した。子供の頃から親子らしい会話や時間が少なかったため、彼は寂しい幼少期を過ごしたそうだ。

遥の寂しがり屋で愛情を与えたがる性格は、やはり家庭環境によるものだった。満たされない欲求が心の中に残っていたのだろう。

でも必要なものがあれば遠慮なく申し出るようにと言ってくれたのは、きっと父親なりの愛情だと思う。これから少しずつふたりの距離にも変化が出てくるかもしれない。

「会社を経営されているとは聞いていたから忙しいとは思っていたんだけど、想像の上を超えてきたというか……家もすごく大きかったし」

都内の一等地にある戸建ては立派すぎて驚いた。お手伝いさんまでいるらしい。

「訊いていいかわからないけど、どこの会社？」

スマホで検索して企業のサイトを見せると、麻衣里はチーズをつまんでいた手を止めた。

「有名企業じゃん！　まさか創業者一族の息子だったとは……珍しい名前だから、言われてみればって気づくけど」

「ここだけの話にしてね。本人は『自分は家とは無関係だ』って言ってるから」

「跡取り息子なのに？」

何故うちの会社で働いているのかと訊いたら、コネ入社に興味がないからとのことだった。それに会社を継ぐつもりもないそうだ。

それはそれで遙らしくていいと思う。父親と同じことをやりたいわけではないというのも理解できるから。

「なるほどね。それにしても、マジでできすぎた男だわ。唯一の欠点が桃っていうのも今まではネタのようにからかっていたけれど、結婚したらただの愛妻家よね」

「愛妻家か……」

なんだか響きが気恥ずかしい。うれしいけれど照れくさい。

「いつ入籍するのか決めたの？」

「今週末に区役所に行こうかと話しているんだけど、入籍はもうちょっと先でもよくない？　って提案したら、遙に泣かれたわ」

「泣くんかい！　いや、あの男なら泣くわね」

届いたワインをグラスに注ぐ。テーブルいっぱいに並んだ前菜とメインディッシュを味わいながらこれまでのことを話した。

「で、桃はなんで先延ばしにしたいの」

「単純に、社内に知れ渡るのがちょっと嫌だなって……」

「それならもう手遅れだから、さっさと報告した方がいいでしょう」

ふたたび婚約指輪に視線を落とされる。やはり無駄なあがきだったか。

「でも一応もう婚姻届は記入済みで、いつでも提出できるようにしてるんだけどね」

熱々のカニクリームコロッケを半分に割った。とろりとした濃厚なクリームが食欲をそそる。

「胡桃沢君なら記念にって、コピーを取ってスキャンしてラミネート加工までしてそうね」

「惜しい。コピーとスキャンして、ついでに額縁に入れて飾ってる」

「ははは、キモいな！」

婚姻届を提出するときはふたりでツーショットが撮りたいらしい。

それ誰に頼むの？　と思うのだけど、役所の人に頼むつもりだったら遠慮したい。

「そのツーショットでアクスタをオーダーしようとしたら、今度は全力で止めようと思う」

「止められるかはわかんないけど、頑張れって応援するわ」

今からこの調子なら、結婚式なんて挙げたらどうなることやら。式場とドレス選びだけでも大変なことになりそうだ。

でも一大イベントを大げさなまでに祝いたいという気持ちは純粋にうれしい。

「まあ、双方年貢の納めどきってことで。うまくまとまってよかったね」

「ありがとう。今度家に遊びに来てね。家飲みしよう」

「いいの？　行きたい。めっちゃ楽しみ」

ワインボトルを一本飲み終わった頃、スマホにメッセージが届いた。

「あ、遙がそろそろ迎えに来るって」

「酔っ払いの回収か」

そんなに酔ってないんだけど。今日は飲むより食べる方が多い。

でも、気になる点がひとつ。

「私、今日の女子会の場所を教えてないんだけど……？」

「おや？」

デザートを食べる手が止まった直後、仕事終わりとは思えない美貌の持ち主がテーブルに近づいてきた。

「お疲れさま、ふたりとも」

「ど、どうも……」

「遙、わざわざありがとう。でもどうやってここがわかったの？」

「GPSを共有してるから」

当たり前のように告げられて、そうだったっけ？　と考える。正直記憶にはない。でもまあ、言わなくても居場所が筒抜けなのは便利かもしれない。

「そっか。まあ迎えに来てくれるのは楽だし、いっか」

「うん。俺の居場所もわかるようにしてるから、いつでもチェックしてね」

「ふたりが納得してるならいいと思うけど、桃は心が広すぎじゃない？　私なら普通にドン引くわ」

酔いが醒《さ》めたと言いたげな麻衣里はカフェインを摂取することにしたらしい。食後のコーヒーを追加した。

「胡桃沢君が変人なのはわかってるけど、それに付き合える桃も十分変わり者よね」

「そんなのはじめて言われたんだけど」

「心春は出会ったときから俺の女神だよ」

「それも今はじめて言われたね？」

割れ鍋に綴《と》じ蓋《ぶた》。
そんな言葉がぴったり当てはまると言われて、私と遙は顔を見合わせて笑い合った。

あとがき

こんにちは、月城《つきしろ》うさぎです。ルネッタブックス様より四冊目を刊行させていただきました。

こちらは小説投稿サイトに掲載中の短編を加筆修正し、長編化させたものになります。

短編とは設定が異なっているのでまったく同じというわけではないですが、遙、心春、麻衣里の三名の性格はそのままです。

イケメンなのに様子がおかしくて、絶妙に気持ち悪いけれど許容できるギリギリを攻めてみましたが、いかがでしたでしょうか。

こんなこともあろうかとグッズを持ち歩いているちょっと変人な胡桃沢遙を書くのが楽しかったので、こうして書籍として刊行できてとてもうれしいです。

以下、ネタバレを含みますのでご注意ください。

遙は愛情を惜しみなく与えることで精神を安定させているので、朗らかな家庭で育った心春に惹かれるのは必然かもしれません。

彼は寂しがり屋で精神的な脆さがあり、心春に嫌われないように常識人を装いたいけれど自分の欲求も隠したくない。どこまでなら彼女に受け入れてもらえるのだろう？　と、何年も距離感を測りながら傍にいたので、ずっと同僚以上恋人未満の関係を崩せないでいました。

逆に心春はさっぱりした性格で、滅多に寂しさを感じないかと。遥にねだられたら多少呆れつつも笑って受け入れてくれそうです。アクスタには引いたと思いますが……最近はいろんなサイトがありますね！　個人でできる推し活の範囲も年々広がっているように感じます。

今後も遥は心春に振り回されることに喜びを感じることでしょう。相性のいいふたりになったのではないかと思います。

カバーイラストを担当してくださった小島《こじま》きいち様、美麗なふたりをありがとうございました！　イメージぴったりな遥と心春に出会えてとてもうれしいです。

担当編集者のH様、今回もお世話になりました！　的確なアドバイスに大変感謝しております。いつもありがとうございます！

校正様、デザイナー様、書店様、営業様、そして読者の皆様、ありがとうございました。楽しんでいただけたらうれしいです。

ルネッタブックス

私たち仲のいい同僚でしたよね？
エリート同期の愛が暴走しています⁉

2025年4月25日　第１刷発行　定価はカバーに表示してあります

著　者　月城うさぎ　©USAGI TSUKISHIRO 2025
発行人　鈴木幸辰
発行所　株式会社ハーパーコリンズ・ジャパン
東京都千代田区大手町 1-5-1
04-2951-2000（注文）
0570-008091　（読者サービス係）
印刷・製本　中央精版印刷株式会社

Printed in Japan ©K.K.HarperCollins Japan 2025
ISBN978-4-596-72865-4

本作品はWeb上で発表された『やたらお姫様扱いしてくる同期がキモい』に、大幅に加筆・修正を加え改題したものです。